A História do Mago Merlin

Dorothea e Friedrich Schlegel

*Tradução de
João Azenha Jr.*

Martins Fontes
São Paulo 2001

Título original: GESCHICHTE DES ZAUBERERS MERLIN.
Copyright © 1984 by Eugen Diederichs Verlag GmbH & Co. KG, Köln
Copyright © 1989, Livraria Martins Fontes Editora Ltda.,
São Paulo, para a presente edição.

1ª edição
março de 1989
2ª edição
setembro de 2001

Tradução
JOÃO AZENHA JR.

Revisão da tradução
Maria Estela Heider Cavalheiro
Revisão gráfica
Coordenação de Maurício Balthazar Leal
Produção gráfica
Geraldo Alves

Dados Internacionais de Catalogação na Publicação (CIP)
(Câmara Brasileira do Livro, SP, Brasil)

Schlegel, Dorothea.
A história do mago Merlin / Dorothea e Friedrich Schlegel ; [tradução de João Azenha Júnior]. – 2ª ed. – São Paulo : Martins Fontes, 2001. – (Coleção Gandhãra)

Título original: Geschichte des Zauberers Merlin.
Bibliografia.
ISBN 85-336-1478-0

1. Literatura alemã – Médio alto alemão, 1050-1500 2. Merlin I. Schlegel, Friedrich. II. Título. III. Série.

01-3952   CDD-830.2

Índices para catálogo sistemático:
1. Literatura alemã : Período medieval posterior, 1150-1300   830.2
2. Mago Merlin : Literatura alemã : Período medieval
posterior, 1150-1300   830.2
3. Merlin : Mago : Literatura alemã : Período medieval
posterior, 1150-1300   830.2

Todos os direitos desta edição para a língua portuguesa reservados à
Livraria Martins Fontes Editora Ltda.
Rua Conselheiro Ramalho, 330/340 01325-000 São Paulo SP Brasil
Tel. (11) 3241.3677 Fax (11) 3105.6867
e-mail: info@martinsfontes.com.br http://www.martinsfontes.com.br

Índice

    I. Da assembléia dos demônios, e de como eles levam à ruína uma família inteira 1

   II. Sobre duas irmãs, uma muito virtuosa e outra que se entrega à concupiscência 5

  III. Como Merlin é gerado pelo Demônio numa virgem devota a Deus 9

  IV. Merlin, filho de Deus e do Diabo, recebe de ambos incríveis dons 13

   V. Como o menino Merlin impede a execução de sua mãe 19

  VI. Sobre fatos que Merlin dita ao eremita Blasius 27

 VII. Como Vortigern chega ao poder através da astúcia e de intrigas 31

VIII. Como o rei Vortigern livra-se de seus ajudantes e de seus adversários 35

  IX. Como Vortigern manda construir uma torre que desaba três vezes 39

   X. Sobre sete astrólogos perplexos, e os mensageiros enviados para matar Merlin   41

  XI. Como Merlin dá outras provas de sua clarividência e de seus dons proféticos 49

XII.	Sobre um dragão branco e um vermelho que moram sob uma torre, sua terrível luta e o destino dos astrólogos	53
XIII.	Como Merlin interpreta o episódio dos dragões ao rei Vortigern e prevê sua morte	59
XIV.	Sobre a vitória dos príncipes Pendragon e Uter, e o poder de Merlin de se metamorfosear	61
XV.	Como Merlin, transformado em outra pessoa, encontra o novo rei, torna-se seu conselheiro e faz toda sorte de travessuras	65
XVI.	Como um conselho de Merlin liberta o reino da invasão dos pagãos	73
XVII.	Sobre um invejoso que arma uma cilada para Merlin e tem profetizada uma morte tripla, e sobre o livro das profecias	77
XVIII.	Como Merlin planeja a batalha contra os pagãos, e a sinistra sentença de morte que profere	83
XIX.	Como Uter se torna o rei Uterpendragon e como Merlin erige um mausoléu com as pedras que traz, sozinho, da Irlanda	89
XX.	Sobre a terceira Távola Redonda em Gales, à qual se sentam cinqüenta cavaleiros, permanecendo um lugar vazio	93
XXI.	Como um cavaleiro mal-intencionado quer ocupar o lugar vago, e do que acontece com ele	97
XXII.	Como Uterpendragon se apaixona por Yguerne e lhe manda de presente um cálice, por intermédio do marido dela	101
XXIII.	Como o rei se enfurece ao saber da partida do duque de Tintayol e exige um desagravo	109

XXIV.	De um cerco prolongado, e do desgosto amoroso do rei	113
XXV.	Como Uterpendragon, Ulsius e Merlin se transformaram, enganando assim a duquesa. Como o rei Artur é gerado, exigindo Merlin a posse do recém-nascido	115
XXVI.	O que Ulsius e Merlin aconselham ao rei, e como Merlin se despede	119
XXVII.	Como o rei, com palavras hábeis, consegue desposar a viúva Yguerne, sendo ainda elogiado por isso	121
XXVIII.	Yguerne revela ao rei que a criança não é nem dele nem do duque, e Merlin combina com Anthor uma troca de crianças	127
XXIX.	Como um ancião desconhecido recebe o recém-nascido, e Anthor manda batizá-lo com o nome de Artur	131
XXX.	Sobre a morte de Uterpendragon, a procura de um novo rei, e a espada que ninguém consegue arrancar da bigorna	135
XXXI.	Como Artur toma por engano a espada, descobre o segredo da própria origem e é colocado à prova algumas vezes até ser coroado	141
XXXII.	Como os cavaleiros ameaçam o rei Artur e ele se entrincheira numa torre, e como Merlin encaminha-o a Leodagan, à bela Genevra e ao reino Thamelide	151
XXXIII.	Sobre a Floresta de Briogne, o cavaleiro Dionas e sua filha Nynianne, que aprende com Merlin toda sorte de mágicas	159
XXXIV.	Sobre o último encontro de Artur e Merlin, a crônica de Blasius, e o que o mago ensina a sua amada Nynianne, até que ele próprio acaba sendo enfeitiçado	167

XXXV. Como Gawin tem dois encontros muito estranhos enquanto procurava Merlin, ouve suas últimas palavras e volta são e salvo 173

Posfácio 181
Sobre as ilustrações 193

Espírito cavalheiresco, magia e amor constituem o conteúdo e o espírito daqueles belos romances antigos que forneceram aos maiores poetas alemães do período áureo do ducado da Suábia e, um pouco mais tarde, aos poetas italianos farto material para suas magníficas poesias cavalheirescas.

Os mais imaginativos e mais significativos dentre esses antigos romances são, sem dúvida, os que se referem à Távola Redonda e ao rei Artur; e dentre estes não é fácil encontrar um que seja mais espetacular e singular do que o do mago Merlin.

A presente versão alemã dessa obra poética foi extraída das melhores fontes francesas da Biblioteca de Paris, nos anos de 1803 e 1804.

Friedrich Schlegel

I

Da assembléia dos demônios, e de como eles levam à ruína uma família inteira

O Maligno estava irado por Jesus Cristo ter descido ao inferno e libertado Adão e Eva, junto com todos os que com eles lá estavam. "Quem é esse homem", perguntaram os demônios, cheios de temor, "que deita abaixo os portões do inferno, e a cujo poder não podemos resistir? Jamais pudemos crer que um ser humano, nascido de uma mulher, não nos pertencesse... e esse aí vem e destrói nosso reino. Como pôde ele ter nascido sem que nós o tenhamos maculado com o pecado, como acontece com todos os outros homens?" A isso um outro respondeu: "Ele nasceu sem pecado, e não do sêmen de um homem, mas foi concebido pelo Espírito Santo no corpo de uma virgem, segundo a vontade de Deus. Por isso, seria bom que também achássemos um meio de gerar, no corpo de uma mulher, um ser, feito à nossa imagem e semelhança, que aja segundo a nossa vontade e que saiba, como nós, de tudo o que aconteceu, acontece e é dito. Um tal homem nos seria de grande valia. Temos, pois, que nos empenhar em encontrar uma forma de recuperar o que o Redentor dos homens nos roubou." Todos os demônios concordaram com ele e disseram: "Sim! Vamos encontrar um meio de fazer com que um de nós possa gerar um tal homem no corpo de uma mulher." Então um deles disse: "Tenho uma mulher sob

1

meu poder. Ela me obedece e faz tudo o que eu quero; também tenho o poder de assumir a forma humana. Essa mulher que está sob meu domínio certamente vai achar um meio de eu conseguir gerar um homem com uma virgem." Decidiu-se então que esse demônio ficaria incumbido dessa tarefa; antes, porém, os demônios o advertiram no sentido de que tomasse cuidado para que o homem por ele gerado se parecesse com eles e agisse segundo sua vontade.

Desfez-se então o conselho de Satã. Sem perder tempo, o enviado foi ter com a mulher que tinha sob seu poder.

Ela era esposa de um homem muito rico, possuidor de muitos bens, numerosas cabeças de gado e outros tesouros, cuja descrição levaria um bom tempo. O homem tinha com essa mulher três filhas e um filho. Satã encontrou a mulher pronta a fazer tudo o que ele pedisse. Perguntou a ela se haveria um jeito de enganar seu marido, ou de fazer com que ele caísse sob seu poder maligno. A mulher respondeu que isso só aconteceria se Satã conseguisse deixá-lo irado e desolado. Aconselhou-o então a matar uma parte do gado do marido. O Demônio o fez sem demora. Ao ver morta a metade do rebanho, os pastores correram até seu senhor e lhe contaram o que havia acontecido. O homem ficou muito assustado. Vendo-o assim tão assustado por ter perdido só a metade de seu rebanho, o Maligno foi até o estábulo e, numa só noite, matou dez dos melhores cavalos. Quando o rico senhor ficou sabendo o que tinha acontecido, por pouco não enlouqueceu: gritou, deu murros e pontapés, e disse que se o demônio já lhe tinha levado tanto que levasse todo o resto.

Ao ouvir essas palavras, Satã ficou imensamente satisfeito e tomou do homem tudo o que lhe restava. O homem, que de repente se viu roubado de todos os seus tesouros, ficou tão desolado que mergulhou em profunda tristeza; afastou-se completamente dos seus, deixou de se preocupar com eles e, não mais querendo vê-los sofrendo a sua volta, passou a viver completamente isolado. O Demônio, vendo-o odiar dessa maneira as pessoas e fugir da companhia delas, teve a certeza de tê-lo sob seu poder e de poder mandar e desmandar dentro da casa. Sem perder tempo, estrangulou o único filho do bom homem. Diante disso, o pai desejou morrer, de tanta tristeza e desolaçao. Em seguida, o Demônio foi ter com a mulher e tentou-a tanto com a idéia da desgraça que sobre ela se abatera, que ela tomou de uma corda e se enforcou. Logo depois, o bom homem morreu de desgosto pela terrível perda de sua esposa e de seu filho.

Depois de fazer tudo isso, o Maligno começou a pensar numa forma de ter sob seu poder as virgens, as jovens filhas daquele rico homem. Para conseguir enganá-las, era preciso primeiro que ele se mostrasse a elas sob uma forma agradável. Para tanto foi buscar um belo rapaz, que há muito tempo tinha sob seu poder, e trouxe-o à presença das virgens. O rapaz aproximou-se com palavras doces, e passou a ir com tanta freqüência à casa delas que uma das jovens por ele se apaixonou, o que deixou Satã muito satisfeito. O Demônio não descansou enquanto não fez com que a virgem se entregasse ao jovem. Depois saiu propagando aos quatro ventos que a jovem fora desonrada. Naquela época a lei era a seguinte: se uma jovem, que não fosse uma mundana, tivesse relações sexuais com um homem, ela tinha que morrer. Usando de traição, Satã conseguiu que os juízes ficassem sabendo do ocorrido. O jovem fugiu e a moça foi levada a um tribunal. Os juízes sentiram pena dela, por causa de seu pai, que havia sido um homem muito honrado. "Mas que coisa!", disseram eles. "Como pôde essa pobre moça ser vítima de tamanha desgraça, tendo seu pai, o homem mais bondoso do mundo, morrido há tão pouco tempo?" A jovem foi condenada a ser enterrada viva, mas, em consideração a seus parentes, a execução ocorreu durante a noite, para evitar sensacionalismo.

E é isso o que acontece àqueles que se entregam a Satã.

II

Sobre duas irmãs, uma muito virtuosa e outra que se entrega à concupiscência

Não muito longe do lugar onde moravam as virgens, vivia um eremita que levava uma vida extremamente piedosa. Ao ficar sabendo do terrível fato de que uma das virgens havia sido enterrada viva, foi ter com as outras irmãs, a fim de assisti-las com seus conselhos. Primeiramente perguntou-lhes de que forma haviam perdido pai, mãe e todos os seus bens. "O destino quis assim", responderam elas. "Deus nos odeia e nos conduziu a essa desgraça."

"Deus não odeia ninguém", disse o devoto eremita. "Ao contrário, Deus sente muito por todo o mal que se abateu sobre vocês. Foi por obra do Demônio que a irmã de vocês foi seduzida e desonrada. Mas, como vocês não sabiam disso e até agora conseguiram manter-se livres da tentação, é melhor que fiquem longe das más companhias e afastem de si os maus pensamentos."

O piedoso homem ensinou-lhes ainda muitas outras coisas edificantes. Iniciou-as na fé, ensinou-lhes os Dez Mandamentos e as virtudes do Salvador. Todos esses ensinamentos em muito agradaram a filha mais velha. Ela levou tudo muito a sério, esforçou-se muito por aprender tudo e fazer todos os dias tudo o que o devoto eremita lhe aconselhou que fizesse. " Minha filha, se você seguir direitinho meus conselhos, e fizer tudo o que estou lhe dizendo, você se tornará uma pessoa honrada e alcançará muitas graças. Portanto, siga meus conselhos. Procure-me todas as vezes em que estiver em dúvida ou cair em tentação, para que com a ajuda de Deus eu possa reconduzi-la ao bom caminho. Não permita que nada a aflija. Confie em Deus!" Depois de ter dito às jovens essas palavras de apoio e de ter dado a elas vários conselhos, o piedoso homem retornou à sua ermida, não sem antes enfatizar uma vez mais que elas deveriam procurá-lo em busca de conselho, toda vez que algo as ameaçasse.

Satã não gostou nada dos conselhos do bom homem e teve muito medo de perder as duas virgens. Concluiu então que jamais conseguiria enganá-las se não contasse com a ajuda de uma outra mulher possuída por ele. Ele conhecia uma que já tinha feito muitas de suas vontades e sobre a qual seus poderes eram particularmente fortes. Mandou-a, pois, ao encontro das virgens. A mulher imediatamente procurou a mais jovem, pois não ousava conversar com a mais velha, tão devota era a moça. Assim, a mulher chamou a mais nova em particular e começou a indagá-la sobre seu modo de vida e sobre sua relação com a irmã. "Minha irmã", respondeu a moça, "pensa tanto em todas as desgraças que sobre nós se abateram, que se esquece de comer e de beber, e não dá um sorriso amigo nem a mim nem a ninguém. Um homem bondoso e muito devoto conseguiu que ela entregasse sua alma a Deus. Ela não acredita em nada e nem faz nada além do que lhe diz esse homem."

"Que pena", disse a mulher, "que uma moça tão linda como você esteja sob a tutela de alguém como sua irmã; morando com ela você nunca vai poder usufruir das delícias que sua beleza lhe pode propiciar. Minha filhinha querida," prosseguiu a mulher, "se você soubesse que vida boa e quantas alegrias experimentam as outras mulheres, tudo isso que você tem morando com sua irmã nada mais iria significar. Comer pão seco na companhia de homens é muito mais agradável do que todos os bens do mundo na companhia de sua irmã. Como é que você consegue agüentar? A mulher que não conhece um homem, nem se relaciona com nenhum, não sabe o que é alegria. Eu lhe digo, minha menina... você nunca vai saber o que é o amor de um homem; sua irmã vai experimentá-lo antes de você, pois é a mais velha e vai se casar primeiro. Depois, ela não vai mais se preocupar com você, e nunca mais você vai poder conhecer os prazeres de seu lindo corpo."

Essa conversa deixou a jovem muito pensativa. "E como eu poderia fazer isso?", perguntou ela. "Eu seria enterrada viva como minha irmã." — "Sua irmã", respondeu a mulher, "era uma boba e começou do jeito errado. Se você vier comigo poderá usufruir de todos os prazeres do corpo, sem que ninguém possa lhe fazer mal algum." — "Não posso continuar conversando com a senhora", disse a jovem, "minha irmã vai desconfiar de alguma coisa. Vá embora e volte outro dia." A mulher se foi e Satã ficou muito satisfeito com aquele começo promissor.

Estando sozinha novamente, a jovem não parou de pensar nas palavras da mulher e de conversar consigo mesma sobre tudo aquilo. Assim, começou a arder a chama da concupiscência que Satã havia acendido em seu coração através das palavras da mulher, e arder a tal ponto, que uma noite, ao despir-se, ela observou seu lindo corpo e maravilhou-se com ele. "Aquela mulher esperta tem mesmo razão. Sem o prazer do contato de um homem eu estarei perdida." Pouco tempo depois mandou chamar a mulher e perguntou lhe o que deveria fazer para amar um homem, sem ser condenada ou morta como sua irmã. "Você só precisa sair e se entregar abertamente a qualquer um", respondeu a outra. "Fuja de casa correndo e diga que você não agüenta mais viver com sua irmã. Depois você poderá fazer o que bem entender, e ninguém poderá levá-la aos tribunais ou condená-la. E se você se cansar da vida fácil sempre haverá a possibilidade de encontrar um homem que, atraído pelos seus encantos, case com você. Dessa forma, você terá experimentado todas as alegrias deste mundo."

A virgem seguiu à risca o pernicioso conselho daquela mulher amaldiçoada: fugiu da casa de sua irmã e entregou-se abertamente ao primeiro que viu na frente.

III

Como Merlin é gerado pelo Demônio numa virgem devota a Deus

O mesmo golpe que deu tanta alegria ao Demônio trouxe um profundo desgosto à irmã da jovem, e pouco faltou para que ela ficasse louca. Desesperada, ela pôs-se imediatamente a caminho da casa do eremita. Quando a viu aproximar-se, ele foi ao seu encontro e disse: "Faça o sinal-da-cruz, minha filha, e encomende sua alma a Deus. Vejo que você está derrotada pelo desespero." — "Tenho motivos para isso", disse a jovem, e contou-lhe sobre a fuga de sua irmã e sobre o fato de que, segundo ouvira dizer, ela se havia entregue publicamente a uma vida desonrosa. O piedoso homem ficou muito triste com aquela notícia e disse: "O Maligno ainda está perto de você e não vai parar de persegui-la até que você caia em sua armadilha, isso se Deus não acolhê-la sob Sua divina proteção. Peço-lhe, ordeno-lhe mesmo, que você nunca se abandone à ira nem ao desespero, pois sobre ninguém mais o Maligno tem poder senão sobre aqueles que se entregam a tais sentimentos. Venha até mim toda vez que algum empecilho ou perversidade se interpuser em seu caminho. Faça o sinal-da-cruz todos os dias antes de comer ou de beber. Deixe sempre uma vela acesa ao lado de sua cama, pois o Demônio tem horror à luz."

Depois de ouvir os ensinamentos do piedoso homem, a virgem voltou para casa. Muitas pessoas da cidade iam visitá-la e aconselhavam-na a casar-se, para não ficar tão sozinha, nem mergulhar em tanta tristeza. Todas as vezes, porém, ela respondia: "Tenho certeza de que Deus não vai me mandar nada além daquilo que for bom para mim." Por mais de dois anos, a jovem continuou vivendo na casa de seu pai, levando uma vida totalmente pautada pelo temor e pela dedicação a Deus. Assim, o Demônio não tinha como exercer qualquer poder sobre ela, nem em pensamentos, nem em atos. Constantemente ele tentava irritá-la para que, irada, ela se esquecesse do que lhe dissera o piedoso homem. Certa noite, só para despertar a ira da virgem, o Demônio enviou a sua casa a irmã que fugira. E bem atrás da jovem enviou também um bando de rapazes.

Quando a virgem viu aquilo, sentiu muito medo e disse à irmã: "Enquanto você levar essa vida, está proibida de vir a minha casa, pois, se eu perder minha reputação, a culpa será sua." Ao ouvir que sua irmã a responsabilizava por sua reputação, a outra irritou-se e, inflamada, começou a falar como se possuída pelo Demônio. Ameaçou a irmã, acusando-a de sentir pelo devoto eremita um amor carnal, e disse que ela seria executada se as pessoas viessem a saber daquilo. A virgem ficou irada com aquela acusação e ordenou à irmã que saísse de sua casa. Esta, contudo, replicou dizendo que tinha tanto direito à casa quanto ela, e que não queria ir embora. A virgem quis agarrá-la pelos ombros para pô-la porta afora, mas a irmã, juntamente com os rapazes que a acompanhavam, defenderam-se e começaram a bater na pobre e enfurecida moça. Quando ela finalmente conseguiu livrar-se deles, trancou-se em seu quarto. Vestida, atirou-se sobre a cama, chorou muito e, em seu desespero, esqueceu-se de fazer o sinal-da-cruz, tal como lhe havia ordenado o eremita. O Maligno estava bem a seu lado e, ao ver que ela se esquecera de si mesma, pensou: "Chegou a hora de gerarmos nela o homem que queremos, pois neste momento ela não está sob a proteção de Deus."

Em seguida, o Demônio deitou-se ao lado da jovem e, enquanto ela dormia um sono de pedra, fecundou-a. Logo depois, a jovem acordou e a primeira coisa em que pensou foi no devoto eremita. Na mesma hora fez o sinal-da-cruz. "Minha Virgem Maria", disse ela em oração, "como pôde ter acontecido isto? Sinto que fui desonrada! Sagrada Mãe de Deus, suplico-vos que interceda junto a seu Filho glorioso para que ele guarde minha alma da perdição, meu corpo dos tormentos, e me proteja contra o poder do mal." Depois de proferir esta oração, levantou-se da cama e começou a pensar em todos os seus conhecidos, tentando adivinhar quem poderia ter-lhe feito aquilo. Correu até a porta, mas encontrou-a bem trancada... exatamente como a tinha deixado pouco antes de se deitar. Procurou por todos os cantos do quarto, mas não conseguiu encontrar nada. Deu-se conta então de que tinha sido seduzida e desonrada pelo Maligno. Na mesma hora ajoelhou-se e orou fervorosamente por longo tempo, pedindo a Deus que a protegesse e a guardasse da vergonha da desonra. Quando rompeu o dia, o Maligno afastou da casa a irmã da jovem junto com todos os que a acompanhavam. Nesse momento, a jovem parou de rezar, levantou-se, abriu a porta do quarto e entregou-se totalmente a sua tremenda dor. Depois mandou que dois de seus criados fossem buscar duas mulheres muito honradas e, acompanhada por elas, dirigiu-se à casa do eremita, a fim de se confessar. Ao vê-la entregue a tanto sofrimento, o piedoso homem perguntou-lhe o que tinha acontecido. A jovem contou-lhe tudo o que havia ocorrido com ela naquela noite. Confessou inclusive que, em sua ira, se esquecera daquilo que ele lhe ordenara e que, em sono, sentira ter sido desonrada sem ter conhecido um homem, algo que ela só podia supor, pois a porta de seu quarto estava bem trancada e ela não encontrara ninguém lá dentro.

A princípio, o bondoso homem não acreditou em suas palavras e acusou-a de mentirosa. Mas como ela reafirmasse tudo com muita convicção e parecesse muito desesperada ele ordenou-lhe uma severa penitência por ter ela se esquecido do que ele lhe ordenara. Chorando, a jovem aceitou a penitência de só se alimentar uma vez por dia e prometeu cumpri-la enquanto vivesse. Depois de ela ter prometido cumprir essa penitência, o homem abençoou-a e orou por ela. Em seguida disse-lhe mais uma vez que ela deveria retornar à casa dele todas as vezes em que precisasse de consolo. A jovem voltou para casa e o Maligno, para seu dissabor, viu-se enganado pela pureza e pela virtude da moça, pois, embora a tivesse seduzido em sonho, não pôde apoderar-se de sua alma, não obtendo qualquer poder sobre ela.

IV

Merlin, filho de Deus e do Diabo, recebe de ambos incríveis dons

Pouco tempo depois, a criança cresceu no ventre da virgem e sua gravidez tornou-se visível aos olhos de todos. Muitas pessoas foram a sua casa e lhe perguntaram quem era o pai, uma vez que não se podia negar seu estado. "Juro por Deus que não sei quem é o pai da criança", respondeu a jovem. Todos zombaram dela e, entre risos, disseram "Então você dormiu com tantos homens que não sabe quem é o pai da criança?" — "Nunca", respondeu ela. "Quero que um raio me mate se algum dia conheci um homem, ou por livre vontade ou em sã consciência dividi minha cama com um homem!"

Ao ouvirem isso, as mulheres presentes fizeram o sinal-da-cruz. "Isto não é possível. Com mulher nenhuma pode acontecer uma coisa dessas. O que nós achamos, isso sim, é que você ama o homem que a seduziu mais do que a você mesma, e não quer acusá-lo. Pior para você, pois quando os juízes descobrirem você será condenada à morte." A jovem repetiu mais uma vez que nunca tinha conhecido homem algum. As mulheres foram embora dizendo que ela estava louca e que as riquezas do pai dela só podiam ter sido conseguidas por meios ilícitos, pois ele perdera tudo e agora o castigo recaía sobre suas filhas. A jovem sentiu muito medo; imediatamente foi ter com o eremita e contou-lhe tudo o que as pessoas lhe haviam dito. Ao constatar que ela realmente estava grávida, o piedoso homem não conseguiu esconder sua surpresa. Perguntou-lhe se desde então aquela coisa inexplicável não tinha se repetido, e se ela vinha cumprindo à risca sua penitência e tudo o mais que ele lhe ordenara. À primeira pergunta ela negou; à segunda, respondeu afirmativamente.

O devoto eremita, muito admirado com aquele prodígio, anotou o dia e a hora em que ela pela primeira vez lhe confessara o ocorrido: "Agora vou saber exatamente se você está mentindo ou não", disse ele, "pois confio em Deus e creio que ele não a deixará morrer se você estiver dizendo a verdade. Mas o medo de morrer você ainda terá de enfrentar, pois todos dirão que têm pleno direito de punir você, embora na verdade o que eles fariam com gosto é matá-la por causa de sua fortuna. Contudo, logo que você for levada para a prisão, mande me avisar. Quero ajudá-la no que for possível."

De fato, pouco tempo depois, a jovem foi levada aos tribunais. Tão logo isso aconteceu, ela mandou uma mensagem ao eremita, que imediatamente se pôs a caminho. Quando ele chegou, contudo, ela já estava sendo julgada. Logo que os juízes viram o devoto homem, narraram-lhe o caso e perguntaram-lhe se ele acreditava que uma mulher pudesse conceber um filho sem manter relações sexuais com um homem. "Não sei o que dizer aos senhores", respondeu ele, "mas aconselho-os a não executar a jovem durante sua gravidez, pois não é justo que a criança, que não pecou, também seja castigada." Os juízes decidiram ouvir suas palavras. O homem aconselhou-os ainda a colocá-la numa torre, que seria lacrada em seguida, acompanhada de duas mulheres para ajudá-la na hora do parto. Ninguém mais teria permissão para chegar até ela. Aconselhou-os ainda a permitir que a mãe vivesse até que a criança começasse a falar. "Só então", disse ele, "os senhores saberão a verdade e poderão sentenciar a jovem nos termos da lei." Os juízes seguiram à risca os conselhos do eremita. Enviaram a moça à torre, acompanhada de duas mulheres, a parteira e a enfermeira mais sábias e experientes. Lá em cima, na torre, foi aberta uma janela, através da qual as mulheres recebiam tudo de que necessitavam.

Antes de a jovem ser levada para a torre, o eremita lhe disse: "Minha filha, batize seu filho quando você descer de lá de cima. E se por acaso resolverem executá-la mande me chamar."

Chegado o dia do nascimento, ela deu à luz um menino, que deveria ter o poder e a vontade do Maligno, seu gerador; mas Satã, num ato insensato, enganara-se ao seduzir a jovem em sono sem corromper sua alma, que pertencia ao Senhor. Além disso, tão logo acordara, a jovem se levantara e orara com todo o fervor, encomendando sua alma à Santíssima Trindade. Em seguida, e tão depressa quanto pôde, correra até o piedoso eremita, confessara, invocara Deus e a Santa Igreja, e recebera penitência e absolvição. Desde então, fora totalmente fiel a Deus e aos mandamentos da Igreja. Por conseguinte, o Maligno perdera novamente aquilo que acreditava ter possuído.

O filho da virgem saíra a seu genitor, o Demônio, na medida em que podia saber tudo o que acontecia ou era dito no tempo presente; mas, graças à virtude de sua mãe e através da purificação do batismo e da graça divina, obteve de Deus o dom de prever o futuro; assim, a criança podia confiar-se a Deus ou ao Demônio, ser a imagem de Deus, naquilo que Dele recebera, ou do Demônio, através do que dele havia herdado. O Demônio dera-lhe apenas o corpo; Deus, porém, dera-lhe a alma e a razão, e em maior medida do que a qualquer criança, pois esta realmente delas necessitava.

Quando ele nasceu, as mulheres tiveram medo dele, pois era um menino grande e muito cabeludo. Nunca elas tinham ajudado a vir ao mundo uma criança como aquela. Entregaram-no à mãe, que fez o sinal-da-cruz ao ver seu rebento. "Meu filho, você me assusta", disse ela. "A nós também", disseram as mulheres. "Estamos tão assustadas com o olhar dele que mal podemos segurá-lo no colo." A mãe ordenou que o baixassem até o chão através da janela para que fosse batizado. "Como ele vai se chamar?", perguntaram as mulheres. "Ponham-lhe o nome de meu pai", disse a jovem. "Ele se chamava Merlin." E assim aconteceu. A criança foi baixada pela janela, as pessoas a pegaram, batizaram-na, e deram-lhe o nome de Merlin, nome que fora de seu avô, atendendo ao pedido das duas mulheres, que, por sua vez, faziam a vontade da mãe do menino. Após o batismo ele foi devolvido a sua mãe, pois mulher alguma se atreveria a dar-lhe o peito para amamentá-lo, tamanho era o medo que sentiam dele.

As duas mulheres permaneceram pacientemente ao lado da mãe, fazendo-lhe companhia até a criança completar dezoito meses; a cada dia, porém, surpreendiam-se mais com o menino, que já na idade de doze luas estava tão grande e forte quanto uma criança de mais de dois anos. Quando ele completou dezoito meses, contudo, elas disseram à mãe: "Senhora, gostaríamos muito de ir embora e de voltar ao convívio de nossos amigos e parentes, que há muito tempo não nos vêem; achamos que já ficamos com a senhora tempo suficiente." A pobre mulher começou a chorar copiosamente: "Oh, se vocês se forem eu serei executada!" Às lágrimas e lamentações, ela pediu às mulheres que não a deixassem, e as mulheres, chorando e lamentando a sorte daquela pobre coitada, foram até a janela. "Ah, meu filho", disse a mãe enquanto segurava o menino no colo, "ah, meu filho, por sua causa eu terei que morrer, eu que não mereci esta morte. Só eu sei a verdade, mas ninguém vai acreditar em mim!" E enquanto chorava, debruçada sobre o filho, lamentando sua sorte e pedindo ao Salvador que lhe desse forças, a criança olhou-a com um sorriso e lhe disse: "Não tenha medo, mamãe, você não vai morrer por minha causa." Ao ouvi-lo falar, sua mãe levou um susto tão grande que desmaiou na hora, deixando-o cair no chão. Com a queda, o bebê começou a chorar forte.

Apressadas, as duas mulheres correram até ela, achando que, em seu desespero, ela quisesse livrar-se da criança. "A senhora queria matá-lo? Por que ele está no chão?" — "Não tive intenção de feri-lo", disse a mãe quando voltou a si. "Deixei-o cair porque perdi os sentidos, assustada com o que ele me disse." "E o que foi que ele disse à senhora que a assustou tanto?", perguntaram elas. "Que eu não vou morrer por causa dele." — "Bem, se ele disse isso, então pode dizer outras coisas também", replicaram as mulheres. Tomaram-no no colo, beijaram-no, fizeram-lhe carinho e falaram-lhe com doçura para ver se ele lhes dava alguma resposta. Mas o menino continuou quietinho, sem dizer palavra. Então sua mãe, que queria que ele falasse na presença das mulheres, tomou-o nos braços e disse: "Ameacem-me. Digam que eu serei queimada por causa dele." — "A senhora é uma pessoa digna de pena", disseram as mulheres. "Se tiver que morrer queimada por causa de seu filho, melhor seria não ter nascido!" — "Vocês estão mentindo", disse a criança, "minha mãe ordenou a vocês que dissessem isso." Ao ouvirem a criança falando desse jeito, as duas mulheres levaram um susto enorme: "Não é uma criança normal; é um mau espírito, pois sabe tudo o que conversamos." Em seguida perguntaram a ele muitas coisas e disseram muitas palavras. "Deixem-me em paz", disse o menino, "vocês são mulheres ignorantes, mais pecadoras do que minha mãe." — "Este milagre não pode ficar incógnito", disseram as mulheres. "Os juízes e todas as pessoas precisam ficar sabendo." Correram até a janela, pediram às pessoas que se reunissem lá embaixo, à volta da torre, e contaram a todos o que a criança havia dito. As pessoas correram até os juízes e contaram a eles o milagre. Repetiram também as coisas estranhas que a criança havia dito, uma vez que ele não estava na idade em que as crianças normalmente começam a falar. Os juízes disseram então: "É hora de executarmos a mulher", e mandaram tornar público que dentro de quarenta dias aquela mulher seria novamente julgada.

Logo que tomou conhecimento do fato, a pobre mulher sentiu muito medo e imediatamente mandou avisar o devoto eremita que o dia da execução já estava marcado. Ao romper a manhã do trigésimo nono dia de tormento e lamentação, aquela pobre infeliz pôs-se a chorar muito, o coração partido pelo desespero. A criança, porém, observava sua mãe; estava feliz e sorria. "Menino, menino", disseram as mulheres, "você pouco se importa com o sofrimento de sua mãe, que amanhã vai ser queimada viva por sua causa. Maldita a hora em que você nasceu, pois você é a causa do sofrimento dela."

Nesse momento, a criança foi até sua mãe e disse: "Ouça, minha mãe querida, eu lhe prometo que enquanto eu viver não haverá homem tão ousado ou tribunal tão poderoso que a condene à morte. Sua vida está apenas nas mãos de Deus." Ao ouvirem essas palavras, a mãe e as duas mulheres ficaram aliviadas e confiaram na sabedoria da criança, que já naquela idade consolava sua mãe.

V

Como o menino Merlin impede a execução de sua mãe

Ao romper do dia em que ela deveria ser executada, os juízes se aproximaram da torre e fizeram com que a mãe, acompanhada das duas mulheres, descesse até onde eles estavam. Ela carregava a criança no colo. Nesse momento, o devoto eremita apressou-se em direção a ela. Quando os juízes notaram a presença dele, disseram à jovem que ela se preparasse para morrer, pois havia sido condenada à morte. "Permitam-me falar em particular com este piedoso homem", pediu ela. Os juízes permitiram, e ela foi com ele para um aposento especial, deixando a criança do lado de fora, na companhia dos juízes. Estes tentaram de todas as formas fazer com que o menino falasse; mas a criança ignorou-os totalmente e não disse uma palavra.

Depois de a mãe ter-se confessado com o piedoso eremita e de, junto com ele, ter orado fervorosamente com os olhos cheios de lágrimas, o eremita foi ter com os juízes. A moça despiu-se de suas vestes e envolveu seu corpo num manto, pois acreditava que seria executada. Ao abrir a porta para sair, a criança correu até ela. Ela tomou o filho nos braços e com ele caminhou em direção aos juízes. "Minha boa senhora", disseram eles, "confesse agora quem é o pai de seu filho, e não tente mais mentir ou esconder nada de nós." A isso ela respondeu: "Digníssimos senhores, sei muito bem que já fui condenada à morte; mas que Deus não se compadeça de mim nem me conceda Sua graça se não for verdade que jamais conheci um homem ou vivi maritalmente na companhia de algum." — "A senhora foi condenada à morte", retrucaram eles, "pois, segundo o testemunho de todas as outras mulheres, isso é impossível. Não há sentido nem verdade em suas palavras."

Nesse momento, o menino Merlin saltou dos braços de sua apavorada mãe e disse: "Não tenha medo, mamãe. Enquanto eu viver, a senhora não vai morrer." Depois voltou-se para o supremo juiz: "O senhor condenou-a a ser queimada viva, mas eu vou salvá-la dessa pena, pois ela não a merece.

Se é para fazer justiça, todos os homens e as mulheres aqui presentes que pecaram em segredo com outras pessoas que não suas esposas e seus esposos, todos, sem exceção, teriam que ser queimados. Conheço tão bem ou melhor que eles os atos que praticaram em segredo; se eu quisesse, poderia dizer o nome de cada um e eles teriam que confessar aos senhores a mesma coisa de que os senhores acusam minha mãe, a qual, na verdade, nunca teve culpa de nada. Este piedoso homem aqui presente também está tão convencido disso que, diante de Deus, tomou para si a culpa dela."

"É verdade", disse o eremita. "Ela se confessou comigo e eu a absolvi de seus pecados. Ela própria declarou aos senhores que foi maculada durante o sono e sem qualquer culpa. Mas, como nunca se teve notícia de um tal feito, também para mim foi um pouco difícil de acreditar."

"O senhor anotou o dia e a hora em que ela foi ter com o senhor para confessar o que lhe tinha acontecido", disse o menino ao eremita. "Pode agora conferir para ver se a data coincide com o que estou dizendo." — "Você diz a verdade", respondeu o eremita. "Você realmente sabe mais do que qualquer um de nós." Então as duas mulheres que tinham estado na torre com ela disseram a hora e o dia que se presumia ter sido ela maculada, e tanto o dia quanto a hora coincidiam com os dados que o eremita havia anotado. "Tudo isso não a absolve", disseram os juízes. "Ela tem que dizer o nome do pai da criança, para que possamos puni-lo."

Nesse momento, o menino Merlin gritou muito zangado e com muita veemência: "Senhor, conheço meu pai bem melhor do que o senhor conhece o seu. O senhor não sabe quem é seu pai, mas sua mãe sabe muito melhor quem o gerou do que minha mãe sabe quem me gerou." O juiz, muito irritado, retrucou: "Se você sabe de alguma coisa a respeito de minha mãe, então fale!" — "Muito bem", respondeu o menino, "se o senhor quisesse fazer justiça com sua própria mãe, ela teria merecido a morte muito antes da minha! Se eu disser ao senhor alguma coisa sobre o que se passou com sua mãe, o senhor absolverá a minha? Pois digo-lhe mais uma vez: minha mãe é inocente e não merece morrer. Ela realmente não conhece aquele que me gerou." Furioso por ver difamado o nome de sua mãe na frente de toda gente, o juiz berrou: "Se você puder fazer aquilo que diz que pode, sua mãe estará livre. Mas saiba de uma coisa: se você disser alguma coisa sobre minha mãe que não seja verdade, ou que ela não confirme, você será queimado junto com sua mãe." — "Então mande chamar sua mãe", replicou Merlin.

O juiz assim fez. Mãe e filho foram novamente conduzidos à prisão, onde permaneceram sob forte vigilância. Cinco dias depois, eles seriam levados a novo julgamento. Dentre os que montavam guarda estava o próprio juiz. Durante esses dias, várias vezes o menino foi interrogado pela mãe e por outras pessoas, que tentaram fazer com que ele falasse. Tudo em vão. Ele não disse uma única palavra até que, no quinto dia, a mãe do juiz chegou. "Aqui está minha mãe", disse o juiz ao menino Merlin, "de quem você disse tantas coisas. Aproxime-se e fale. Ela responderá a todas as suas perguntas." Na mesma hora Merlin replicou: "Não seria mais sensato de sua parte conversar primeiro em particular com sua mãe, e perguntar essas coisas a ela o senhor mesmo? Tranque-se com ela na companhia de seus conselheiros de maior confiança, assim como também eu vou consultar os conselheiros de minha mãe, que não são outros senão o Deus todo-poderoso e o piedoso eremita."

Todos os presentes se espantaram ao ouvir aquele menino falar com tanta sabedoria, e o juiz viu que ele tinha razão. Em seguida, o menino perguntou novamente ao juiz e a todos os presentes: "Se desta vez eu conseguir salvar minha mãe da pena e da vergonha que sobre ela pesam, estará ela livre para sempre e protegida do mal que qualquer pessoa possa querer lhe causar?" — "Ela estará livre e poderá ir em paz", responderam todos. O juiz então afastou-se com sua mãe, seguido por seus parentes e seus conselheiros, e eles passaram uma noite inteira trancados num aposento especial.

Na manhã seguinte, o juiz mandou chamar Merlin secretamente a sua presença. "O que o senhor quer comigo?", perguntou Merlin. "Ouça", disse o juiz, "se você confessar que nada sabe sobre minha mãe, sua mãe estará livre. Em segredo, porém, você tem que me contar tudo o que sabe." — "Se a mãe do senhor não cometeu qualquer ato indigno, não serei eu a dizer alguma coisa sobre ela, pois não quero defender injustamente nem minha mãe, nem qualquer outra pessoa. Minha mãe nunca mereceu o castigo que lhe foi prescrito pelo senhor. Quero apenas que lhe seja feita justiça. Siga meu conselho: deixe-a livre e nunca mais tocaremos no assunto. Nada mais se dirá sobre sua mãe." — "Não é assim que você vai se livrar dessa", disse o juiz. "Você ainda vai ter que nos revelar muitas outras coisas, se quiser ver sua mãe livre; e estamos aqui reunidos para interrogá-lo sobre ela." O menino respondeu dizendo: "Digo-lhes que minha mãe não sabe quem me gerou, mas eu sei e conheço meu pai muito bem. O senhor, contudo, não conhece quem o gerou, embora sua mãe o conheça muito bem. Se ela quisesse falar a verdade, ela contaria ao senhor de quem o senhor é filho. Minha mãe, porém, não pode dizer ao senhor uma coisa que ela não sabe."

"Querida mãe", disse o juiz voltando-se para ela, "não sou eu filho de seu honrado marido e senhor?" — "Por Deus, meu amado filho!", respondeu ela, "e de quem mais você seria filho, senão de meu querido e falecido esposo, que Deus o tenha?" Nesse momento, Merlin disse: "Vou me ater apenas à verdade. Se seu filho nos deixar livres, a mim e a minha mãe, não direi uma palavra sequer. Mas, se ele não o fizer, revelarei tudo o que aconteceu antes e o que acontecerá depois." — "Desejo então", disse o juiz, "que você diga tudo o que sabe sobre esse assunto." — "Pense bem no que o senhor está fazendo", disse Merlin, "pois seu idoso pai ainda vive e poderá atestar tudo o que estou dizendo." Ao ouvirem-no dizer aquelas palavras, os conselheiros gritaram "Milagre", e fizeram o sinal-da-cruz. "Então, minha senhora", disse Merlin à mãe do juiz, "confesse a verdade a seu filho. Diga-lhe quem é seu pai, pois eu sei quem ele é e onde pode ser encontrado."

"Seu demônio, diabo do inferno", disse a mulher, "eu já não lhe disse?" — "A senhora sabe muito bem que ele não é filho do homem que até hoje acreditou ser seu pai." — "Então ele é filho de quem?" perguntou a mulher muito abalada. "É filho daquele com quem a senhora se confessa. E a senhora sabe muito bem disso, pois foi a senhora mesma quem disse a ele, depois da primeira vez em que estiveram juntos, que temia estar grávida dele. Ele respondeu que isso não era possível, mas anotou o dia e a hora em que manteve relações sexuais com a senhora, só para ter certeza de que a senhora não o enganaria nem o faria arcar com as responsabilidades de um filho que podia ser de outro, pois naquela época seu marido e senhor andava muito descontente com a senhora, e a senhora vivia em constantes desavenças com ele. Mas quando a senhora teve certeza de estar grávida não perdeu tempo em se reconciliar com seu marido, contando para isso com a ajuda de seu confessor. Não foi assim? Negue, se puder. Pois, se a senhora mesma não o confessar, farei com que o próprio confessor o faça."

O juiz ficou possesso de raiva ao ver Merlin falar daquele jeito com sua mãe e perguntou a ela se aquilo tudo era verdade ou não. "Por Deus, meu filho, você está querendo acreditar nesse espírito mau?" — "Se a senhora não disser a verdade imediatamente", disse Merlin, "contarei outras coisas que já são do seu conhecimento." A mulher continuou calada, e Merlin prosseguiu: "Depois de a senhora, com a ajuda de seu confessor, ter-se reconciliado com seu marido, de sorte que ele passou a viver com a senhora novamente, podendo então aceitar como seu o filho que a senhora estava esperando — e acreditando realmente que o filho era dele, assim como todas as pessoas que conheciam a senhora —, a senhora voltou a se entender com seu confessor e continuou levando uma vida em comum com ele, algo que se prolonga até hoje, pois até hoje a senhora vive com ele em segredo. Esta manhã mesmo, antes de a senhora partir para vir até aqui, ele a abraçou, acompanhou-a um bom pedaço e, ao despedir-se, disse sorrindo: 'Caríssima senhora, faça tudo o que seu filho desejar e lhe pedir.' Ele sabia muito bem que estava falando de seu próprio filho."

A mulher ficou muito assustada ao ouvir o menino dizer aquelas palavras, pois agora tinha medo de ela, e não a outra, ser condenada. O juiz então voltou-se para ela e disse: "Querida mãe, não importa quem seja meu pai, eu continuarei a ser seu filho e a tratá-la como minha mãe." — "Então tenha compaixão de mim, meu filho, pelo amor de Deus, pois não posso mais ocultar de você a verdade. Esta criança sabe de tudo e o que ela disse é a mais pura verdade." — "Ele me disse", prosseguiu o juiz, "que conhece meu pai melhor do que eu. Por isso, não posso condenar a mãe dele nos termos da lei, pois vou poupar do castigo a minha própria. Peço-lhe, Merlin, em nome de Deus, pela sua honra e pela honra de sua mãe, que me diga quem é seu pai, para que eu possa justificar perante o povo o que aconteceu com sua mãe."

"Eu o revelarei com prazer ao senhor", respondeu Merlin, "e é muito melhor que seja de livre e espontânea vontade do que forçado. Saiba que sou filho do Demônio, que astuciosamente enganou minha mãe e a seduziu, enquanto ela dormia, e nela gerou um filho, que sou eu. Saiba também que possuo o poder de meu pai, seus conhecimentos e sua inteligência, de modo que sei todas as coisas que foram ditas ou que aconteceram. Por isso sei de tudo o que sua mãe fez. Mas por minha mãe ter-se confessado imediatamente, ter cumprido de corpo e alma sua penitência e ter recebido a absolvição de seus pecados pelo devoto eremita, Deus, em consideração a ela, presenteou-me com o dom de conhecer o presente e o futuro. Assim, possuo mais poderes e dons mais elevados do que as pessoas recebem da natureza. Uma outra coisa irá convencê-lo de tudo o que eu disse." — "O quê?", perguntou o juiz. Merlin então chamou-o de lado e confidenciou-lhe: "Sua mãe vai contar àquele que o gerou tudo o que aqui aconteceu. Ele vai fugir com medo do senhor, e o Maligno, que ainda tem enormes poderes sobre ele, o conduzirá até um rio; ele se jogará nas águas e morrerá afogado. Assim o senhor ficará sabendo se eu posso ou não prever o futuro." — "Se isso realmente acontecer", disse o juiz, "você e sua mãe estarão livres para sempre de todas as acusações."

Em seguida, Merlin, o juiz, a mãe dele e todos os conselheiros foram ter com o povo, e o juiz falou alto e bom som para que todos ouvissem: "Meus cidadãos, condenei errônea e injustamente a mãe do menino Merlin. Com grande sabedoria e sapiência ele me revelou o que de fato aconteceu com sua mãe, libertando-a, assim, da pena de morte que sobre ela pesava. Graças à sabedoria e à inocência do menino, absolvi sua mãe. Aproveito a oportunidade para declarar que mãe e filho estão livres para sempre e proíbo, sob severa pena, que qualquer um de vós venha a fazer-lhes mal ou venha a responsabilizá-los por alguma coisa. Penso que jamais se verá um homem tão sábio quanto este." E o povo reunido respondeu em uníssono: "Deus seja louvado!", pois a mãe de Merlin era muito querida por toda gente, e todos lamentavam muito a infelicidade dela.

Depois disso, o juiz mandou sua mãe de volta, acompanhada de duas mulheres, a quem instruiu secretamente para que observassem tudo com muita atenção e contassem a ele tudo o que se passasse com sua mãe. Tão logo ela chegou a sua casa, mandou chamar o confessor e contou-lhe minuciosamente o que se passara com seu filho e tudo o que Merlin havia dito. O confessor ficou desesperado com tudo o que ouviu e não foi capaz de dizer sequer uma palavra. Sem despedir-se dela, deixou a cidade e tomou a direção do rio, pois, em seu desespero e cego pelos tormentos de Satã, pensou que o juiz fosse mandar prendê-lo e executá-lo vergonhosamente. Preferindo, portanto, dar ele mesmo fim à própria vida, jogou-se no rio e morreu afogado.

Quando o juiz soube do ocorrido, através das duas mulheres, ficou muito admirado. Imediatamente foi ter com Merlin, e disse-lhe que suas previsões estavam certas. "Eu nunca minto", replicou Merlin, "mas peço-lhe que vá à casa do piedoso eremita, mestre Blasius, e conte-lhe o que aconteceu." O juiz o fez, sem demora, depois do que Merlin, sua mãe e o confessor dela, mestre Blasius, voltaram em paz para casa.

VI

Sobre fatos que Merlin dita ao eremita Blasius

Mestre Blasius era um homem devoto e muito sábio, que servia a Deus de todo o coração. Ficou muito admirado ao ouvir o menino Merlin fazer tantas profecias e ao ver que ele possuía um espírito tão mais elevado do que o dos outros homens. Em seu coração, mestre Blasius se preocupava com esse caso raro, e procurava de todo jeito questionar Merlin, na tentativa de encontrar um motivo para tudo aquilo. "Mestre Blasius", disse-lhe Merlin finalmente, "peço-lhe que não se esforce em tentar me compreender, pois, quanto mais o senhor me ouvir falar, mais razão terá para se surpreender. Acalme-se, acredite em mim, e faça o que eu lhe pedir."
— "Como posso acreditar em você", replicou mestre Blasius, "se você mesmo diz que é filho do Demônio? Se eu acreditar nisso, como de fato acredito, como não temer que você esteja me enganando e iludindo?" — "Veja", disse Merlin, "faz parte do hábito das pessoas de má índole acreditar e aceitar mais o mal do que o bem. O mal nada vê além do mal, assim como o bem vê apenas o bem."
Explicou-lhe depois o segredo de sua concepção, e de como o próprio Demônio havia enganado a si próprio ao gerá-lo no corpo de uma virgem pura e temente a Deus. "Agora porém", prosseguiu ele, "escute-me e faça

o que eu lhe disser. Providencie um livro no qual possa escrever todas as coisas que eu ditar. A todas as pessoas que no futuro lerem este livro, ele fará um grande bem, pois através dele elas poderão se aprimorar e se resguardar dos pecados." — "Eu o farei com prazer", disse Blasius. "Escreverei o livro segundo suas palavras, não sem antes suplicar a você, em nome de Deus, da Santíssima Trindade e de todos os santos, que não me peças para escrever nada que seja contrário aos desejos e ensinamentos de Nosso Senhor Jesus Cristo." — "Eu juro", disse Merlin. "Então estou pronto", replicou Blasius, "estou pronto para escrever de todo o coração e do fundo de minha alma tudo o que você ditar. Tenho tinta, pergaminho, e tudo de que necessito para um tal empreendimento."

Depois de Blasius ter providenciado tudo, Merlin começou a ditar. Falou primeiro da amizade de Jesus Cristo com José de Arimatéia, depois do que aconteceu a Adalam, a Perron e aos outros companheiros, assim como discorreu sobre o fim de José e de todos os outros. Depois de tudo, Merlin contou-lhe a história e a causa de sua milagrosa concepção, com todos os detalhes que encontramos descritos neste livro.

Blasius ficava cada vez mais surpreso com as maravilhas que ouvia de Merlin. Todas as palavras que ele tinha que escrever pareciam-lhe cheias de bondade e magnificência, e ele prosseguiu seu trabalho com todo o zelo. Um dia, porém, quando estavam ocupados com sua obra, Merlin disse a Blasius: "Mestre, o senhor enfrentará muitas dificuldades na realização de sua obra, mas eu vou encontrar dificuldades ainda maiores na realização da minha." — "Como assim?", perguntou Blasius. "Virão me buscar para ir ao Ocidente", respondeu Merlin, "mas os que foram enviados para me buscar juraram a seu senhor que me matariam e levariam a ele meu sangue. Contudo, quando me virem e me ouvirem falar, não terão vontade de me fazer mal algum; ao contrário, eu seguirei com eles. E o senhor deve partir deste lugar e dirigir-se àqueles que possuem o Santo Graal. Contudo, não poupe esforços para continuar a escrever os livros.

Esses livros serão sempre lidos com muito prazer em qualquer época, mas ninguém acreditará neles, pois o senhor não é apóstolo de Cristo. Esses apóstolos nada mais escreveram do que seus olhos viram, do que seus ouvidos ouviram, ao passo que o senhor escreve apenas o que eu lhe digo. E assim como agora sou desconhecido às pessoas de cujas acusações tenho que me defender também assim permanecerão esses livros. Poucas pessoas irão reconhecê-los e agradecer ao senhor por eles. Leve consigo também o livro de José de Arimatéia. Quando o senhor tiver concluído sua obra, o livro de José deve ser parte integrante dela. Juntos, esses dois livros formarão uma obra grandiosa. No futuro, aqueles que a lerem e compreenderem vão abençoar nossos esforços. Quanto às conversas e às palavras trocadas por Cristo e José de Arimatéia, estas eu não vou dizê-las ao senhor, pois não dizem respeito a nossa obra."

VII

Como Vortigern chega ao poder através da astúcia e de intrigas

Por essa época reinava um rei chamado Constans. Não vamos mencionar aqui os reis que o antecederam, mas quem quiser saber quantos foram e qual a sua história, deve ler a *História da Bretanha,* também chamada de *Brutus.* Mestre Martin von Glocester traduziu-a do latim para as línguas românicas.

O rei Constans tinha três filhos: Moines, Uter e Pendragon. Vivia também em suas terras um homem chamado Vortigern, um cavaleiro muito valente e corajoso, de grande reputação. Quando o rei Constans morreu, o povo começou a discutir quem eleger para sucedê-lo. A maioria do povo, assim como a maior parte dos nobres, concordava em eleger Moines, o filho mais velho do falecido rei, apesar de ele ainda ser uma criança. Por direito, o reino pertencia a ele e a nenhum outro. Vortigern, o homem mais poderoso e mais sensato de todo o reino, tinha a mesma opinião. O jovem Moines foi então nomeado rei, e Vortigern, por unanimidade, seu senescal.

Naquela época, o reino estava em guerra contra os gentios; eles vinham de Roma e de outros lugares, devastavam as terras e combatiam os cristãos. À frente do reino, porém, Vortigern governava despoticamente, ignorando por completo o jovem rei, inexperiente e infantil demais para dar conselhos até a si próprio. Depois de apoderar-se de todo o regimento, de sorte que ninguém mais era capaz de lhe fazer oposição, e estando o reino todo subordinado a ele, Vortigern tornou-se altivo e avarento, deixou de se preocupar com o rei e com as terras, pois sabia muito bem que ninguém além dele era capaz de decidir ou realizar qualquer coisa, e afastou-se de todos, passando a viver exclusivamente para si mesmo. Ao ouvir essas notícias sobre o senescal do rei, os gentios reuniram-se num grande exército e com ele invadiram a terra dos cristãos.

O rei Moines ficou perplexo ao ver seu senescal abandonar o regimento e o exército e bater em retirada. Aflito, procurou-o imediatamente e pediu-lhe com insistência que investisse de novo contra o inimigo. Vortigern, porém, deu a desculpa de que estava velho demais para liderar uma guerra, ou para ocupar-se de assuntos do governo. "Nomeie outra pessoa para ser seu conselheiro particular," disse ele ao rei. "Seu povo me odeia, pois sempre me preocupei demais com as prerrogativas de Vossa Majestade. Portanto escolha outro entre o povo e transfira a ele meu cargo, pois não quero mais saber disso."

Ao ouvir Vortigern falar dessa maneira, aqueles que estavam ao lado do rei na casa de Vortigern decidiram que o próprio rei deveria assumir a liderança de seu povo, para, juntos, combaterem o inimigo. Rapidamente formou-se um exército que se pôs em marcha, tendo à frente o rei Moines. Mas ele era jovem e inexperiente demais em assuntos bélicos, ao passo que o exército dos gentios era muito mais poderoso, e seus comandantes, homens muito sábios e corajosos. Por isso, o exército do rei Moines foi derrotado e debandou. O próprio rei fugiu junto com os soldados.

O povo passou então a lamentar a perda do senescal: "Se Vortigern tivesse conduzido o exército, ele nunca teria perdido a batalha, e os gentios nunca teriam matado tantos cristãos!" Muitos dos homens mais importantes, assim como boa parte da nobreza, também se queixavam do rei; seu comportamento imprudente e seus atos insensatos lhe granjearam a inimizade de todos.

O povo estava, portanto, muito indignado, e alguns de seus representantes mais ilustres e poderosos foram até Vortigern pedir-lhe ajuda. "Estamos sem líder, pois nosso rei não cumpre seu dever. Pedimos-lhe, pelo amor de Deus, que nos tome como vassalos, e passe a ser nosso rei e nosso senhor. Nenhum homem sobre a terra é mais sábio e mais valente do que o senhor. Portanto, ninguém melhor do que o senhor para assumir esse cargo. Não queremos nenhum outro além do senhor." A esse apelo, Vortigern respondeu: "Enquanto viver aquele que for seu rei por direito, não posso e nem serei seu rei." E todos disseram: "Ah, preferíamos vê-lo morto a vê-lo vivo." — "Bem", disse Vortigern, "então matem-no, pois enquanto ele viver eu não poderei ser rei de vocês." E com essas palavras deu por encerrada a conversa, ainda que os outros quisessem dizer mais alguma coisa. Os representantes do povo foram embora e depois se reuniram para discutir o problema. Para essa reunião chamaram seus parentes e amigos mais próximos. Ficou decidido que realmente mandariam matar o rei Moines, na esperança de que, tornando-se rei, Vortigern os recompensasse por esse feito, o que, no final das contas, os tranformaria nos verdadeiros senhores daquelas terras. Escolheram dois dos homens mais fortes e habilidosos, que assassinaram o jovem rei Moines traiçoeira e vergonhosamente, pois ele ainda era um rapaz muito jovem e indefeso e não tinha ninguém para velar por ele ou para protegê-lo.

Cumprida a missão, os assassinos apressaram-se em procurar Vortigern e contar-lhe que tinham matado o rei Moines para que ele, Vortigern, se tornasse rei. Vortigern fingiu ficar muito assustado e muito triste com a notícia. "Que horror o que vocês fizeram!", disse ele. "Vocês fizeram muito mal em matar seu senhor, seu digníssimo rei e devem ser punidos por isso. Se o povo ficar sabendo de seu ato, vocês serão condenados à morte. Por isso fujam, deixem este reino e este país, pois se eles os pegarem vocês serão homens mortos! Por que vocês vieram até aqui trazer-me uma notícia como essa? Pobre de vocês! Vão embora, e não apareçam nunca mais diante de meus olhos!" Os assassinos saíram depressa, acreditando que Vortigern realmente estava triste e irado com o que eles haviam feito.

VIII

Como o rei Vortigern livra-se de seus ajudantes e de seus adversários

Vortigern foi unanimemente aclamado rei por todo o povo e por toda a nobreza, apesar de ainda viverem os dois irmãos mais jovens de Moines, o rei assassinado. Cada um desses meninos tinha um tutor, homens sábios, que haviam servido fielmente e por longo tempo ao velho rei Constans. Em reconhecimento a sua lealdade, o rei os nomeara tutores dos dois príncipes. Ambos os senhores ficaram muito surpresos ao ver os dois filhos do rei excluídos da coroa e previram que Vortigern na certa não hesitaria em mandar matar os dois rapazes, tão logo eles atingissem a idade de reclamar seu direito legítimo à soberania do reino. Fugiram então com os dois príncipes para Bourges, em Berry. Ali estavam em segurança e podiam cuidar da educação dos dois garotos.

Tão logo Vortigern foi coroado e sagrado rei, os assassinos do rei Moines foram vê-lo. Vortigern, no entanto, fingiu que não os conhecia e que nunca os tinha visto. Isso os deixou furiosos, pois eles esperavam outra acolhida do rei Vortigern. "Como, Majestade?", indagaram eles, "o senhor não se lembra de nós? O senhor sabe muito bem que foi só por nossa causa que o senhor se tornou rei. O senhor pensa que poderia ter se tornado rei se nós não tivéssemos matado o rei Moines?" — "Detenham esses assassinos!", gritou Vortigern, "e coloquem-nos na prisão! Já que vocês confessaram seu crime, vocês mesmos proferiram sua sentença. Vocês mataram seu senhor e rei; quem lhes deu esse direito? Do mesmo modo vocês poderiam me matar agora, o que lhes daria enorme prazer." Os homens, assustados e amedrontados ao ouvir Vortigern falar daquele jeito, disseram: "Senhor rei, fizemo-lo por amor ao senhor." — "Vou mostrar a vocês como se ama as pessoas", respondeu Vortigern.

Os doze homens foram presos e esquartejados. Cada um foi dividido em quatro partes por quatro cavalos, de sorte que nenhum membro de seus corpos ficou ligado ao outro.

Esses doze homens, contudo, tinham muitos parentes, e todos descendiam de famílias muito tradicionais. Seus parentes se reuniram, foram até o rei e fizeram-lhe muitas críticas por sua terrível ingratidão: "O senhor mandou executar nossos parentes de uma maneira deplorável. Saiba que nenhum de nós jamais irá servi-lo de coração." Ao ouvir isso, Vortigern ficou muito irritado e disse: "Se vocês continuarem a dizer essas coisas, acontecerá com vocês o mesmo que aconteceu a seus parentes." — "O senhor pode ameaçar-nos o quanto quiser, rei Vortigern", disseram os outros, irados. "Não temos medo do senhor. Saiba apenas que, enquanto viver, o senhor não terá paz e tranqüilidade conosco. Por toda a parte iremos combatê-lo, nos campos, nos burgos e castelos, em toda parte o senhor encontrará guerra. Não o reconhecemos como rei, pois o senhor se apoderou desse direito de modo injusto e contra as leis de Deus e da Santa Igreja. O senhor terá o mesmo fim que determinou para nossos parentes, esteja certo disso." E com essas palavras eles foram embora, sem esperar resposta. O rei Vortigern ficou furioso com tudo aquilo, mas teve que aceitar aquelas provocações sem nada poder fazer. Ele sabia que aquela não era a melhor hora para agir.

Desse modo surgiu uma grande contenda entre os barões do reino e o rei. Os dois partidos formaram poderosos exércitos, e deflagrou-se em todo o país uma prolongada guerra, na qual tanto o rei como seus subalternos sofreram muitas perdas. O rei, contudo, acabou vencendo e baniu de seus domínios os barões amotinados. Possuindo plena soberania e não mais precisando temer a ninguém, Vortigern tornou-se tão arrogante e passou a proceder de forma tão despótica para com seu povo, que este, não suportando mais, insubordinou-se contra o soberano. Disso resultou uma revolta generalizada, em que mais da metade do reino o renegou. Vortigern então mandou mensageiros até os rebeldes para negociar acordos de paz que pudessem satisfazer os grupos revoltosos. Um dos rebeldes de nome Hangius, um cavaleiro valente e poderoso, que nas guerras sempre se posicionara contra Vortigern, foi escolhido pelo povo como mensageiro. Hangius foi amavelmente recebido pelo monarca e para sempre a paz foi restabelecida.

Hangius permaneceu durante muito tempo a serviço do rei e por fim conseguiu persuadi-lo a tomar por esposa sua filha. Com isso, Hangius adquiriu grande poder e influência sobre seu genro, o rei, e sobre o reino. Aos poucos, foi reunindo em torno de si todo o regimento. Mas o povo não estava disposto a aceitar nada que viesse dele, pois ele não era cristão e sim um gentio. Há muito o povo se queixava de que o rei não havia desposado uma cristã, mas uma pagã. Foi ela quem criou a palavra plebe, ao dizer: "Não posso preferir a plebe a meu pai!" Portanto, mais do que nunca o povo estava insatisfeito com o rei Vortigern, pois sua esposa era adepta da crença a Maomé, e chegou mesmo a desviar do cristianismo o próprio rei e muitas pessoas da corte.

IX

Como Vortigern manda construir uma torre que desaba três vezes

O rei Vortigern, pensando no quanto era odiado por seu povo e na possibilidade de que, mais cedo ou mais tarde, pudessem retornar os dois filhos mais jovens do rei Constans, que se mantinham a salvo dele no estrangeiro, e pensando também em que, caso isso acontecesse, ele poderia ver-se privado de seu reino, ou talvez mesmo de sua vida, determinou, para sua segurança, a construção de uma torre, onde pudesse abrigar-se numa emergência, ou no caso de sofrer um ataque de surpresa.

Mandou chamar então os mais renomados engenheiros de seu reino, e explicou-lhes minuciosamente como a torre deveria ser construída e fortificada; mandou providenciar também pedras, cal, areia, e todas as outras matérias-primas necessárias à construção. Eles se puseram a trabalhar imediatamente e com grande empenho, e, quando já tinham acabado os alicerces, e erguido a construção cerca de três ou quatro pés acima da terra, a obra inteira começou a oscilar e a tremer, e desmoronou com tanta força, provocando um abalo tão grande, que até a montanha, sobre a qual a construção tinha sido iniciada, ameaçou ruir. Os construtores ficaram as sustados e perplexos. "O que vamos fazer agora?", perguntaram um para o outro. Decidiram, então, reiniciar mais uma vez a construção, fortalecendo os alicerces mais do que da primeira vez. Mas, como da primeira vez, a torre ruiu uma segunda vez, e depois uma terceira.O rei ficou furioso com esses estranhos incidentes.Disse que não teria alegria ou sossego enquanto não visse a obra concluída, e mandou anunciar em todo o reino que as pessoas mais sábias e entendidas no assunto deveriam vir até sua corte para discutir conjuntamente o problema. Quando chegaram, o rei mostrou-lhes a construção iniciada e contou-lhes que ela já havia desmoronado três vezes, quando estava com três ou quatro pés de altura. Os sábios que haviam acabado de chegar ficaram muito impressionados com o que ouviram, e mais ainda quando foram visitar a obra e viram a espessura dos muros. "Majestade", disseram eles, "queremos nos reunir para discutir esses estranhos acontecimentos, e só então lhe daremos nosso parecer." Depois de terem refletido por longo tempo sobre o problema, chegaram à conclusão de que não sabiam do que se tratava. Foram ter com o rei, para dizer-lhe isso. "Não sabemos do que se trata, senhor rei", disse o mais velho e mais sábio. "Não entendemos porque sua torre não quer parar de pé. Mande chamar os homens de espírito mais iluminado e instruído de seu reino, e consulte-os. Certamente eles terão maiores informações para fornecer-lhe pois são homens muito estudados e conhecem inúmeras coisas. Nós somos homens de pouca instrução."

O rei assim fez. Mandou reunir todos os intelectuais mais eminentes, e prometeu uma boa gratificação àquele que pudesse esclarecer-lhe o problema. Os sábios vieram de todas as partes do reino, trocaram opiniões, mas, tal como os primeiros, nada souberam dizer ao rei, cada vez mais irritado e impaciente. Aconselharam-no, porém, a reunir seus astrólogos, pois estes certamente teriam uma resposta, já que sabiam ler com clareza todas as coisas nas estrelas. O rei seguiu o conselho dos intelectuais, e os mais importantes astrólogos, sete ao todo, vieram a sua presença para dele ouvir um relato sobre o que estava acontecendo. Àquele que lhe explicasse a causa do problema, o rei prometeu prestar uma grande homenagem e ofereceu uma boa recompensa.

X

Sobre sete astrólogos perplexos, e os mensageiros enviados para matar Merlin

Os sete astrólogos puseram-se a estudar o problema com grande dedicação e afinco, mas nada conseguiram encontrar que pudessem apontar como causa do problema. Havia, contudo, algo de muito estranho na constelação. Todos podiam vê-lo, mas o que viam não se encaixava nem se relacionava com o que procuravam. Nenhum deles sabia o que tinha aquilo a ver com o problema em questão. Quando se reuniram e trocaram informações sobre o que haviam descoberto, qual não foi sua surpresa ao perceber que todos tinham observado a mesma coisa e que nada tinham concluído sobre a real origem do problema. A isso somava-se o fato de o rei forçá-los a contar-lhe, o quanto antes, o que tinham descoberto. Um dos astrólogos respondeu ao rei: "Ah, senhor rei, não podemos solucionar um problema tão difícil num prazo tão curto como o senhor deseja. Precisamos de mais nove dias para nossos estudos." — "Está bem. Vocês terão o prazo que pedem", disse o impaciente Vortigern, "mas ai de vocês se, ao final desses nove dias, não me explicarem a verdadeira causa do problema!"

Os astrólogos puseram-se a estudar novamente as estrelas. E quando se reuniram para trocar idéias sobre o que tinham concluído olharam-se perplexos e ninguém disse nada. Finalmente, o mais velho e sábio de todos manifestou-se: "É melhor cada um de vocês, em particular, dar-me sua opinião sobre o assunto. Guardarei o que ouvir de cada um, e nenhum saberá o que o outro me revelou." Todos ficaram satisfeitos com a sugestão, e cada um, em particular, contou ao astrólogo mais velho a conclusão a que tinha chegado. Para surpresa geral, todos disseram a mesma coisa, ou seja, que nada tinham descoberto sobre o problema da torre, e que tinham visto uma outra coisa muito estranha: uma criança, que agora estaria com sete anos, nascida de uma mulher e cujo pai não era humano.

"Todos vocês viram o mesmo e me revelaram a mesma coisa", disse o ancião. "Algo, porém, sobre o que todos se calaram, mas que todos viram, tal como eu, é que essa criança, nascida de uma mulher e cujo pai não é humano, será a causa da derrota de nossa gente e de nossa morte, não é mesmo?" — "É verdade", disseram os outros, atônitos e preocupados. "Agora me ouçam", prosseguiu o ancião, "de nada valerá nossa arte, e de nada valeremos nós se não pudermos alterar o curso do que nos foi revelado. Vamos unir-nos e cuidar para não contradizer um ao outro quando estivermos falando com o rei. Diremos a ele o seguinte: 'Majestade, saiba que sua torre jamais se sustentará e nem poderá ser acabada, se não derramardes sobre a pedra fundamental o sangue de uma criança nascida do corpo de uma mulher e que não foi gerada por um homem. Essa criança vive de fato. Se o senhor, nosso rei, puder encontrá-la e derramar seu sangue sobre a pedra fundamental, a torre se sustentará de pé e nunca mais ruirá.' Não podemos permitir também", prosseguiu o ancião, "que o rei veja pessoalmente a criança ou queira ouvi-la falar. Aqueles que ele enviar para buscá-la terão de conduzi-la até a pedra fundamental da torre logo que a encontrarem, e ali mesmo matá-la. Desse modo nos livraremos da criança que, segundo vimos nas estrelas, será responsável pela nossa morte." Depois disso, todos os astrólogos combinaram o que dizer, palavra por palavra, para não cair em contradição.

Quando foram chamados à presença do rei Vortigern, pediram-lhe que os ouvisse a cada um em particular. O rei concordou. Depois de ter ouvido todos, e de todos lhe terem dito a mesma coisa, o rei exclamou: "E como é possível que viva sobre a terra um tal prodígio, uma criança que não tenha sido gerada por um homem? Se está certo o que me dizem, vocês são homens muito sábios e inteligentes." — "E se assim não for", responderam os astrólogos, "que o rei faça conosco o que bem entender, pois estamos em suas mãos." Vortigern perguntou mais uma vez: "Mas como isso pode ser possível?" — "Nunca ouvimos falar de nada parecido", responderam os astrólogos. "Essa criança, que não foi gerada por um homem, vive e tem hoje sete anos." — "Vou mandar procurá-la", disse o rei. "Mas até que a encontremos vocês ficarão sob forte vigilância." — "Que seja feita a sua vontade", disseram os astrólogos, "mas o senhor deve evitar ver e ouvir o menino. Os mensageiros que sairão à procura dele devem matá-lo logo que o encontrem e derramar seu sangue sobre a pedra fundamental da torre."

Nesse momento, o rei dispensou os astrólogos, que foram colocados numa torre fortemente vigiada. Cuidou-se para que eles recebessem comida e bebida, além de tudo de que necessitassem para viver. O rei Vortigern mandou imediatamente doze mensageiros, aos quais ordenou procurar sobre toda a face da terra um menino de sete anos que não tivesse sido gerado por um homem e que tivesse nascido do ventre de uma mulher. Se eles não o encontrassem, nunca mais deveriam retornar ao reino. O rei ordenou ainda que eles fizessem o juramento de matar o garoto tão logo o encontrassem.

Os mensageiros dividiram-se em grupos de dois e partiram em busca do menino Merlin, seguindo as instruções do rei Vortigern. Não muito longe do lugar em que Merlin se achava, quatro mensageiros se encontraram e decidiram empreender juntos meio dia de jornada. Não tinham cavalgado muito quando viram um bando

43

de garotos jogando bola. Merlin estava entre eles e sabia muito bem que os mensageiros chegariam naquele dia e que procuravam por ele. Portanto, quando os viu se aproximarem, pegou o taco com o qual batia na bola e com ele bateu tão forte na perna de um outro garoto, que este começou a berrar, a chorar e a xingar Merlin. "Seu filho da puta", gritou o moleque, "você não tem pai; sua mãe o deu à luz e nem sabe quem é seu pai!" Quando os mensageiros ouviram aquilo, pararam e ficaram atentos. "Ali está ele", disseram. "Finalmente o encontramos!" Merlin estava no meio dos meninos e riu quando viu os mensageiros pedindo ao menino que chorava que lhes mostrasse quem havia batido nele. "Aqui está quem vocês procuram", disse Merlin. "Aqui está aquele cujo sangue vocês juraram levar ao rei Vortigern." — "Quem lhe contou isso?", perguntaram os mensageiros muito admirados. "Vou dizer a vocês por que vocês devem me matar, e por que a torre não quer parar de pé", recomeçava Merlin. "Se vocês jurarem não me fazer nenhum mal, acompanho vocês."

Merlin disse tudo isso apenas para deixar os mensageiros ainda mais perplexos, pois já sabia muito bem que eles não iriam fazer-lhe nenhum mal, quanto mais matá-lo. "Esta criança fala maravilhas!", disseram os mensageiros. "De fato, seria um pecado matá-la. Juramos que não vamos matá-lo, nem permitir que o matem, se você vier conosco." — "Vou de boa vontade", respondeu Merlin. "Antes, porém, venham comigo à casa de minha mãe para que eu possa lhe pedir permissão para viajar e para que ela me abençoe. Preciso ainda falar com o piedoso eremita que mora perto da casa dela." Assim, Merlin conduziu os mensageiros até o convento em que vivia sua mãe, providenciou-lhes água e comida, cuidou para que seus cavalos fossem tratados e depois conduziu-os para a floresta, onde vivia mestre Blasius.

"Mestre", disse ele, dirigindo-se ao eremita, "aqui estão aqueles que eu disse ao senhor que viriam para me matar. Ouça o que vou dizer a eles e anote tudo." Depois, voltando-se para os mensageiros: "Vocês são vassalos de um rei cujo nome é Vortigern. Esse rei Vortigern quer mandar construir uma torre..." e contou tintim por tintim tudo o que estava acontecendo, o que haviam dito o rei, os sábios e os astrólogos. Falou também deles quatro e dos outros oito mensageiros que haviam sido enviados para procurá-lo e levar seu sangue ao rei Vortigern. "Fui eu mesmo que quis que vocês me achassem," prosseguiu, "por isso bati na perna do garoto para que ele chorasse e, ao me xingar, revelasse a vocês quem eu era". Tendo dito isso, Merlin afastou-se, e mestre Blasius perguntou aos mensageiros: "O que o menino está dizendo é verdade?" — "Que nossas almas queimem no inferno se tudo o que ele está dizendo não for verdade", responderam eles. Mestre Blasius fez o sinal-da-cruz e disse: "Ele será um homem muito sábio se continuar vivo. E seria um pecado mortal, uma vergonha mesmo, vocês o matarem." — "Pois preferiríamos perder a vida para sempre e deixar ao rei todos os nossos bens a fazer isso", replicaram os mensageiros. "Esse menino, que sabe de tantas coisas, certamente também saberá que o que dizemos é verdade." — "Vocês têm razão", respondeu mestre Blasius. "Perguntarei isso a ele na presença de vocês." Quando Merlin voltou, mestre Blasius lhe disse: "Tudo o que você disse é verdade, mas agora me responda uma outra pergunta: Esses mensageiros têm o poder e o desejo de matá-lo?" — "Poder eles têm", respondeu Merlin, sorrindo, "e naturalmente tinham também desejo. Mas agora, graças a Deus, não querem mais fazê-lo, e eu posso muito bem ir embora com eles. Antes, porém, jurem que não vão me matar e que vão me levar são e salvo à presença do rei. Somente quando ele me ouvir falar é que terei certeza de que não vai mais querer meu sangue."

Os mensageiros fizeram o juramento que Merlin pedia. Em seguida, mestre Blasius disse: "Vejo que você precisa me deixar, Merlin. Antes, porém, diga-me o que fazer com o livro começado." — "Logo que eu partir", respondeu Merlin, "você deve se dirigir para uma terra chamada Nortúmbria. Esta região é coberta por densas florestas, de sorte que seus próprios moradores quase não a conhecem, pois florestas há por lá que nunca foram penetradas pelo homem. Faça ali sua morada. Eu saberei como encontrá-lo e lhe trarei todas as novidades necessárias para que nossa obra seja concluída. Saiba que esta obra vai lhe dar muito trabalho. Mantenha o bom humor e trabalhe com paciência, pois ao final você será muito bem recompensado. Esta obra atravessará os séculos, e a recompensa será a mesma que recebeu José de Arimatéia, quando desceu da cruz o sagrado corpo do Senhor. Saiba também que no reino para onde agora me dirijo cuidarei para que homens e mulheres se coloquem a serviço de um homem de linhagem divina. Mas isso só vai acontecer com o quarto rei. Ele se chamará Artur. Vá para estas terras que eu acabo de mencionar. Eu irei procurá-lo várias vezes e lhe direi o que escrever. As descrições de todos os episódios da vida do rei Artur e de todos os que conviverem com ele, eu as ditarei a você, assim como tudo o que fizer parte do tempo em que ele viver. Será uma obra maravilhosa. Você co-

mungará da mesma graça concedida a todos os que estiveram na presença do Santo Graal. Depois que nós morrermos, esse livro será encontrado e se transformará numa obra imortal."

Mestre Blasius respondeu: "Farei de coração tudo o que você me ordena." Em seguida, Merlin dirigiu-se, na companhia dos mensageiros, para o convento em que vivia sua mãe, a fim de se despedir dela. "Preciso me separar da senhora e acompanhar estes mensageiros estrangeiros. É a serviço do Senhor que vou segui-los. É com a mesma finalidade que mestre Blasius vai mudar-se para outras terras." — "Deus seja louvado, meu filho!", disse sua mãe. "Não posso impedir que você parta, pois tudo o que você realiza é sábio e atende à vontade de Deus. Mas se mestre Blasius pudesse ficar, sua presença seria de grande valia para minha vida solitária e dedicada à contemplação." — "Desta vez, isso não será possível", replicou Merlin. Depois despediu-se dela e pôs-se a caminho em companhia dos mensageiros. Conforme lhe tinha sido ordenado, mestre Blasius dirigiu-se para a Nortúmbria.

XI

Como Merlin dá outras provas de sua clarividência e de seus dons proféticos

Na companhia dos mensageiros, Merlin passou por uma cidade onde havia um mercado. Quando já estavam do outro lado da cidade, encontraram um jovem que, no mercado, comprara um par de sapatos novos e um grande pedaço de couro, pois precisava fazer uma longa caminhada através da floresta. Quando passou pelo homem, Merlin deu uma boa gargalhada. Os mensageiros perguntaram por que ele estava rindo daquele jeito. "Perguntem ao homem o que ele está pensando em fazer com o couro. Ele dirá que pretende remendar seus sapatos quando eles estiverem gastos pela longa caminhada que ele tem pela frente. Mas antes de ele chegar em casa com seus sapatos estará morto." — "Vamos ver se você está dizendo a verdade", disseram os mensageiros. "Dois de nós irão seguir o homem, e os outros dois vão puxar conversa e acompanhá-lo." E os mensageiros fizeram isso, não sem antes combinar um lugar para se encontrarem novamente.

Quando os dois se aproximaram do jovem, e lhe perguntaram o que ele pretendia fazer com o pedaço de couro, o homem repetiu as palavras que Merlin lhes havia dito antes. Os dois ficaram admirados com o que ouviram. Pouco tempo depois de estarem acompanhando o homem, ele caiu morto bem na frente deles. Os dois ficaram atônitos e chocados com esse fato e imediatamente puseram-se a caminho para procurar Merlin e os outros companheiros de viagem. Enquanto cavalgavam, conversavam sobre essa criança prodigiosa e sua sabedoria: "Na verdade, são loucos os que desejam sua morte. É mil vezes preferível morrer do que fazer-lhe algum mal." Logo depois reencontraram Merlin, que tão logo os avistou agradeceu-lhes por terem falado tão bem dele. "Sei cada palavra que vocês disseram a meu respeito." — "Se você sabe mesmo, então as repita." E Merlin repetiu-lhes todas as palavras que eles haviam dito a seu respeito, diante do que os mensageiros ficaram ainda mais perplexos.

Quando já estavam viajando há mais ou menos um dia nas terras do rei Vortigern, viram um féretro numa cidade. Era o enterro de uma criança, e homens e mulheres seguiam o enterro com grande tristeza e consternação, inclusive o prior e muitos sacerdotes, que acompanhavam o cortejo entoando cânticos. Merlin parou e ficou quieto, e quando o cortejo passou ele começou novamente a rir. Os mensageiros perguntaram-lhe do que ele estava rindo. "Rio dessas coisas engraçadas", disse Merlin. "Vejam só como esse bondoso homem se lamenta e chora, e como o prior canta tão direitinho! Pois deveria ser o contrário. O prior deveria estar chorando e o bom homem cantando, pois a criança por quem este chora não é seu filho, como ele presume, mas é filho do prior." — "Isso é mesmo verdade?", perguntaram os mensageiros. "Perguntem à mulher do bondoso homem por que seu marido está tão triste", replicou Merlin. "Ela responderá que é porque ele está enterrando seu filho. Então digam a ela, como quem não quer nada: 'Ora, minha senhora, a criança não é filha de seu marido, mas do prior. Todos os sacerdotes sabem disso muito bem. Portanto, não minta. O prior anotou o dia e a hora em que dormiu com a senhora.'" Os mensageiros fizeram tudo o que Merlin lhes dissera. E quando disseram isso à mulher, à queima-roupa, ela foi ficando cada vez mais vermelha. "Tenham piedade de mim!", implorou ela. "O que vocês estão dizendo é verdade, mas não digam nada a meu marido, senão ele me mata." Os mensageiros voltaram até onde estava Merlin e, rindo do acontecimento, comentaram: "Você é o adivinho mais extraordinário que existe. Mas agora, Merlin, estamos nos aproximando da cidade em que nos encontraremos com o rei Vortigern. Diga-nos, então, com toda a sua sabedoria, o que devemos dizer ao rei, pois você sabe muito bem que fizemos um juramento de matá-lo e de

levar a ele seu sangue." — "Vocês têm razão", replicou Merlin. "Mas, se seguirem à risca o que vou dizer-lhes, não será por minha causa que sofrerão qualquer dano. Vão até o rei e contem-lhe fielmente o que vocês viram e ouviram de mim, e também como me encontraram. Digam-lhe também que eu estou disposto a explicar-lhe por que sua torre não quer parar de pé; adiantem-lhe apenas que, na minha opinião, ele deveria fazer com os que estão presos na torre exatamente o que eles disseram que deveria ser feito comigo. Se vocês disserem a ele toda a verdade a meu respeito, façam depois o que ele lhes ordenar." Dois dos mensageiros foram até o rei, que muito se alegrou em revê-los. Eles pediram para falar-lhe em particular e contaram-lhe fielmente o que tinham visto e ouvido de Merlin. Disseram-lhe que o próprio Merlin tinha se revelado aos mensageiros, embora soubesse muito bem que eles tinham vindo para matá-lo. Contaram-lhe também que Merlin dera muitas provas de seu poder de adivinhação e demonstrara boa vontade em dizer ao rei por que sua torre não queria parar em pé. "Vocês precisam me jurar por sua vida que é verdade tudo o que estão me contando!", exigiu Vortigern. "Nós juramos, Majestade", responderam os mensageiros. "Então quero falar com ele", disse o monarca. Os mensageiros saíram para ir buscar Merlin, mas o rei estava tão curioso para vê-lo, que partiu a cavalo atrás deles.

Quando os mensageiros se aproximaram de Merlin, este lhes dirigiu a palavra: "Já sei como foi a conversa entre vocês e o rei. Vocês deram sua palavra de honra por mim e não se arrependerão de tê-lo feito." Montou um cavalo e saiu cavalgando com os mensageiros, encontrando-se com o rei Vortigern, que vinha ao encontro deles. Merlin cumprimentou-o, assim que o viu. O rei retribuiu o cumprimento, estendeu-lhe a mão e conversou com ele na presença dos mensageiros. "Você queria me apanhar", disse Merlin, "para que, tendo meu sangue, sua torre se mantivesse firme. Prometa-me fazer a mesma coisa com aqueles que o aconselharam a fazer isso comigo, e eu, na presença deles, lhe direi por que sua torre não quer parar de pé." — "Se você me mostrar a razão pela qual a construção não se mantém de pé", respondeu o rei, "juro a você, pela minha vida, que acontecerá com eles o que eles queriam que acontecesse com você."

XII

Sobre um dragão branco e um vermelho que moram sob uma torre, sua terrível luta e o destino dos astrólogos

O rei Vortigern foi com Merlin ao local em que a torre seria construída e ordenou que viessem até ele os astrólogos que estavam aprisionados. Merlin pediu que um dos mensageiros lhes perguntasse por que a torre insistia em desmoronar. "Não sabemos por que ela cai", responderam eles, "mas dissemos ao rei o que fazer para que ela se mantenha de pé." —"Vocês tomaram o rei por idiota ao incumbi-lo de procurar uma criança que não tivesse pai", disse Merlin, "e fizeram isso, meus senhores, não pelo rei, e sim pensando em vocês mesmos. Pois, através de seus poderes de adivinhação, viram muito bem que essa criança seria a causa de sua morte. Por isso pediram ao rei que mandasse buscá-la e o incumbiram de derramar sobre a pedra fundamental o sangue do menino, para que, estando ele morto, suas vidas estivessem salvas."

Os astrólogos ficaram tão assustados ao ver Merlin revelar suas verdadeiras intenções, que não conseguiram dizer uma só palavra. "Veja, senhor rei", continuou Merlin, "estes homens exigem meu sangue apenas para salvar sua pele e não porque ele fosse necessário à construção da torre. O senhor mesmo pode perguntar a eles se não é verdade o que digo, e eles não se atreverão a dizer que estou mentindo." Os astrólogos confirmaram que Merlin estava dizendo a verdade, mas pediram ao rei para deixá-los viver até que vissem se Merlin sabia por que a torre não parava de pé. "Vocês não vão morrer até que o vejam com seus próprios olhos", previu Merlin.

Depois de os astrólogos agradecerem por essa graça, Merlin voltou-se para o rei Vortigern: "Agora ouça o motivo pelo qual a torre não quer parar de pé e faça o que eu lhe disser, para que o senhor mesmo o veja. Não muito abaixo da superfície da terra, no lugar em que a construção foi começada, há um grande rio subterrâneo. Sob o leito desse rio vivem dois dragões, que não vêem um ao outro. Um é branco e o outro é vermelho. Eles moram bem embaixo de dois enormes e maravilhosos rochedos. O peso da construção é demasiado para eles, por isso os dragões se movimentam até conseguirem livrar-se do peso que os oprime. O rei deve mandar escavar naquele lugar, e que eu morra se não encontrarem exatamente tudo o que eu estou dizendo, palavra por palavra. Contudo, se minhas palavras se confirmarem, os astrólogos devem morrer por mim." — "Se for verdade o que você está dizendo", replicou o rei, "você é o mais sábio dos homens. Agora, diga-me: o que devo fazer para remover e transportar essa terra toda?" — "Use carroças, cavalos e também muitas pessoas", respondeu Merlin.

O rei mandou reunir todo o material necessário à tarefa. Muitas pessoas se apresentaram para trabalhar, pois queriam ganhar a diária oferecida. Começou-se, então, a rebaixar a alta montanha sobre a qual a construção da torre tinha sido iniciada. As pessoas achavam que seu rei estava louco em acreditar nas palavras de uma criança. Contudo, não podiam manifestar livremente sua opinião. Depois de muito trabalho e de ter sido removida boa parte da terra, os trabalhadores acharam o grande rio e imediatamente notificaram ao rei. Este, muito contente, levou Merlin até o local em que de fato tinham encontrado o rio que Merlin previra. Vortigern perguntou então a Merlin: "Como vamos fazer agora para descobrir o que está embaixo do rio?" Merlin ordenou que fossem escavados canais para se desviar o curso do rio para dentro dos campos. Enquanto se trabalhava na escavação, Merlin disse ao rei: "Saiba também que tão logo apareçam os dragões que estão debaixo das grandes pedras, haverá uma grande luta entre eles. Convoque, portanto, as pessoas mais respeitadas e de melhor reputação do reino para que vejam esta luta, cujo significado é muito importante." Imediatamente o rei ordenou que fossem convocados os membros mais ilustres da nobreza, os homens e cidadãos mais respeitáveis, todos os sábios e religiosos de todas as ordens. Todos atenderam prontamente ao pedido, e ficaram muito admirados e contentes quando o rei lhes revelou o motivo pelo qual os tinha convocado. "Será uma bela luta", disseram. Alguns deles, porém, perguntaram ao rei se Merlin havia previsto qual dos dois dragões ganharia a luta. "Isso ele não previu", respondeu Vortigern.

Havendo sido desviado o rio e tendo aparecido aos olhos de todos os dois rochedos, sob os quais viviam os dragões, o rei perguntou a Merlin de que modo aquelas duas pedras monstruosas poderiam ser removidas. Merlin respondeu: "Assim que os dragões sentirem o ar atmosférico, eles sairão por si próprios. O rei só precisa ordenar que se perfurem os dois rochedos para que o ar possa passar." Procedeu-se, então, exatamente como Merlin ordenara. Os rochedos foram perfurados um a um e imediatamente apareceram os dois dragões. Eram seres horríveis, enormes e de caras horrendas, de sorte que todos os presentes ficaram apavorados em vê-los. O próprio rei assustou-se muito e perguntou a Merlin qual dos dois dragões venceria a batalha. "Isto eu quero revelar apenas ao rei e a seus conselheiros de maior confiança", respondeu Merlin. O grupo separou-se dos demais e Merlin confiou-lhes o seguinte: "Com muito esforço e dificuldade, e depois de uma luta terrível, o dragão branco vencerá o vermelho. Mas o grande significado dessa vitória vocês só saberão depois da batalha. Não lhes posso revelar nada agora."

Eles retornaram então ao local em que nobres e plebeus tinham se aglomerado para ver a luta. Os dragões eram cegos e não viam um ao outro, tal como Merlin profetizara. Mas assim que sentiram o cheiro um do outro, atracaram-se, morderam-se, e seus corpos se entrelaçaram formando muitos anéis e nós. Possuíam garras, que encravavam no inimigo, e era como se utilizassem pontiagudos anzóis de ferro, com os quais dilaceravam um ao outro. Nem os leões mais ferozes lutavam com mais ódio e selvageria do que esses dois dragões. Como feras enlouquecidas, lutaram todo o dia e toda a noite seguintes. Nenhum dos presentes deixou o local da batalha. Todos assistiam com grande entusiasmo àquela terrível luta. O povo achava que o dragão branco era mais fraco do que o vermelho, pois este deitara todo o seu peso sobre o outro, judiando bastante dele. A maioria das pessoas achava que o dragão branco já tinha sofrido muito; ele parecia esgotado e prestes a sucumbir. De repente, porém, o dragão branco começou a soltar labaredas de fogo pela goela e pelas ventas, queimando o dragão vermelho, que tombou morto no campo de batalha. Em seguida, o dragão branco, vencedor, deitou-se ao lado do vermelho e, três dias depois, também morreu. "Agora o senhor pode mandar construir sua torre com a certeza de que ela não vai mais ruir se for bem planejada e bem construída", disse Merlin a Vortigern. O rei Vortigern mandou chamar os engenheiros mais ilustres e renomados e ordenou-lhes que reforçassem o quanto pudessem a construção a ser erguida, o que eles prometeram fazer. Depois foram trazidos os astrólogos, para ouvirem de Merlin sua sentença, tal como o rei lhe havia prometido. "Vejam como vocês conhecem pouco a arte que praticam", disse Merlin. "Vocês queriam encontrar o motivo pelo qual a construção desmoronava, e como não conseguiram ver nada além do meu nascimento e do perigo de vida que corriam por minha causa, resolveram mentir e disseram que meu sangue deveria ser derramado sobre a pedra fundamental para que a torre parasse de pé. Dessa forma, é claro, suas vidas não estariam mais em minhas mãos. Mas e quanto à obra? O problema teria sido solucionado? Ao invés de levarem em conta o bem-estar do rei, vocês só pensaram no seu próprio. E exatamente por terem só isso diante dos olhos e por serem grandes pecadores não conseguiram ver a verdade nos astros através de sua ciência. Quiseram derramar meu sangue e por isso suas vidas estão agora em minhas mãos. Estou disposto a perdoá-los se me prometerem uma única coisa."

Ao ouvir que Merlin tinha a intenção de poupar-lhes a vida, os astrólogos prometeram fazer de bom grado tudo o que ele pedisse. "Vocês terão de jurar solenemente não mais exercer a atividade que desonraram", disse Merlin. "Vão, confessem e façam penitência por toda a vida; reconciliem-se com Deus para que suas almas ainda possam ter alguma esperança de redenção, e para que vocês sejam libertados e possam ser absolvidos." Muito contentes, os astrólogos juraram tudo o que Merlin deles exigia e depois foram embora. Quando o rei e os nobres viram a forma benevolente com que Merlin perdoava os astrólogos, e ouviram as palavras sábias que ele lhes dirigira, passaram a considerar e a respeitar ainda mais o menino. "É a melhor e a mais sábia criatura sobre a face da terra", concordaram todos. Renderam homenagem a Merlin e passaram a admirá-lo muito.

XIII

Como Merlin interpreta o episódio dos dragões ao rei Vortigern e prevê sua morte

"Agora", disse Merlin, "é hora de eu revelar ao rei e a seus conselheiros de maior confiança o que significam esses dragões, sua luta, e a vitória do dragão branco sobre o vermelho." O conselho do rei e os membros da nobreza foram imediatamente reunidos e Merlin disse o seguinte:

"Saiba, senhor rei, que o dragão vermelho representa o senhor mesmo, e o branco, os filhos do rei Constans." Vortigern enrubesceu com essa revelação; as palavras de Merlin deixaram-no numa situação muito constrangedora. Merlin percebeu isso e disse: "Vortigern, se você preferir, eu me calarei sobre esse assunto para que você não me queira mal nem fique descontente comigo." — "Não", respondeu Vortigern, "quero saber tudo. Você não deve me poupar de nada, pois entre os presentes não há uma pessoa sequer que não seja de minha mais absoluta confiança." — "Então está bem", recomeçou Merlin. "A cor vermelha do dragão representa sua consciência pesada e sua insensatez; o tamanho do dragão, seu poder. Os filhos do rei Constans, a quem você privou de sua herança e que por medo de você tiveram que fugir, são simbolizados pelo dragão branco. A luta dos dois dragões significa o longo exílio dos jovens bem como sua injustiça. E o fogo, com o qual eles queimam o dragão vermelho, indica que eles vão queimar você dentro de um dos castelos deles. E creia-me que nem a torre que você mandou construir, nem qualquer outra coisa poderá proteger você disso, pois está escrito que será essa sua morte."

Vortigern assustou-se ao ouvir essas palavras, e perguntou: "E onde é que estão esses jovens agora?" — "Estão junto com muitas outras pessoas em alto mar", respondeu Merlin. "Seus navios estão muito bem equipados e navegam para cá, para esta terra, que a eles pertence. Eles vêm para fazer-lhe justiça, pois sabem que você mandou matar o irmão deles, embora você o tenha negado depois de consumado o ato e tenha mandado executar os assassinos. De hoje a três luas eles aportarão em Winchester." — "É mesmo verdade tudo isso que você está dizendo?", perguntou Vortigern apavorado. "Será exatamente como lhe digo. Você morrerá no fogo pelas mãos dos filhos de Constans, assim como o dragão vermelho foi queimado pelo branco."

Merlin despediu-se do rei Vortigern e dirigiu-se para a floresta de Nortúmbria para se encontrar com mestre Blasius. Contou a ele o que havia feito, pediu que ele registrasse tudo no livro e com ele ficou por um longo tempo, até que os filhos de Constans mandaram chamá-lo.

XIV

Sobre a vitória dos príncipes Pendragon e Uter, e o poder de Merlin de se metamorfosear

Logo depois de Merlin ter-lhe profetizado a chegada dos filhos de Constans, Vortigern mandou proclamar por todo o reino que cada cidadão estivesse a postos com suas armas dali a três luas. Depois reuniu suas forças armadas e enviou-as ao porto de Winchester, a fim de defendê-lo. Não lhes disse, porém, contra quem deveriam defender o porto; também não disse por que tinham sido convocados nem por que estavam armados. Ninguém, exceto os membros de seu conselho, sabia de nada.

O rei Vortigern em pessoa acompanhou seu exército ao porto e, no dia que Merlin havia previsto, avistou no mar as bandeiras dos navios que transportavam os príncipes. Imediatamente ordenou que todos se preparassem para defender o porto. Os filhos de Constans atracaram no porto, não muito longe de uma torre que mais tarde sitiaram. Mas quando aqueles que deveriam defender o porto viram brilhar ao sol os estandartes e as bandeiras dos navios e reconheceram o brasão do rei Constans, ficaram tão perplexos que não se defenderam, e o primeiro navio, no qual estavam os filhos de Constans, aportou são e salvo.

Quando os ocupantes do navio desembarcaram, os que estavam em terra foram logo perguntando a quem pertenciam os navios, os estandartes e as bandeiras. "Somos Pendragon e Uter, os filhos do rei Constans", responderam eles, "Aurelius Ambrosius está conosco. Viemos para reconquistar esta terra que a nós pertence por direito e de onde fomos banidos pela traição de Vortigern, que num ato de extrema injustiça mandou assassinar nosso irmão. Viemos reclamar nosso direito a ela."

Quando os que estavam no porto perceberam que se tratava dos filhos de Constans, não quiseram lutar contra eles; além disso, perceberam que teriam pouca chance, pois os que chegavam eram muito mais poderosos do que os que lá estavam. Foram até Vortigern e comunicaram-lhe sua decisão. Vendo que a maioria de sua gente o abandonava e passava para o lado dos príncipes, Vortigern foi tomado pelo medo e ordenou aos homens de sua maior confiança que ocupassem a torre, o que de fato aconteceu. Enquanto isso, os outros navios da esquadra continuaram a entrar no porto, e os cavaleiros e os outros que neles se encontravam iam desembarcando em terra. Quando os senhores feudais viram que tinham de lutar contra aqueles que tinham sido seus príncipes, sentiram um aperto no coração e também se recusaram a fazê-lo. A maior parte dos senhores feudais passou para o lado dos príncipes, contentes em revê-los, e foi recebida com alegria por Pendragon e por Uter, seu irmão. Juntos, resolveram então sitiar a torre em que tinham se entrincheirado Vortigern e seus homens de confiança. Estes defenderam-se com unhas e dentes contra os que queriam atacá-los, causando-lhes grandes perdas, graças as suas constantes investidas e a seus valentes contra-ataques. Finalmente, quando Aurelius percebeu que não poderia conquistar a torre à força de espadas, mandou que ateassem fogo em volta dela, queimando-a bem como a todos os que nela se encontravam, inclusive Vortigern, que acabou morrendo queimado, como Merlin havia previsto.

Em seguida, todos se entregaram a Pendragon e a seu irmão Uter, reconheceram-nos como seus senhores legítimos e ajudaram-nos a reconquistar todo o reino, pois Hangius e sua filha pagã ainda controlavam as principais cidades e fortalezas. O povo, no entanto, não cabia em si de alegria por rever aqueles que eram seus verdadeiros senhores. De todas as partes, as pessoas vinham ao encontro dos príncipes e os recebiam com grande contentamento e muitas honrarias. Logo depois, Aurelius coroou rei Pendragon, o filho mais velho do rei Constans, a quem todos os nobres do reino prestaram homenagens e juraram lealdade, e assim, Aurelius cumpriu sua tarefa de orientar e encaminhar o rei Pendragon e seu irmão Uter.

Mas Hangius e seus pagãos continuavam a dominar muitos pontos estratégicos, causando sérios danos ao reino. O rei Pendragon reuniu então seus conselheiros de confiança e os nobres da terra, e perguntou-lhes de que forma poderia livrar-se dos pagãos. Alguns dos conselheiros lembraram-se de Merlin e dos sábios conselhos que ele dera a Vortigern, prevendo tudo o que viria a acontecer. Contaram ao rei Pendragon os milagres que tinham visto Merlin realizar e disseram-lhe que se ele lhe perguntasse o que queria saber, certamente dele obteria a melhor e a mais sábia das respostas a sua pergunta, pois Merlin, disseram eles, sem dúvida era o homem mais sábio que existia sobre a face da terra. "E onde devo mandar procurá-lo?", perguntou Pendragon. "Ele ainda deve estar por estas terras", disseram eles, "pois não faz muito tempo que ele se afastou de Vortigern." Na mesma hora, o rei mandou mensageiros varrerem o reino, ordenando a todos que não retornassem enquanto não encontrassem Merlin.

Saiba-se que Merlin, tão logo o rei deu essa ordem, tomou conhecimento dela e disse a mestre Blasius que ele, Merlin, tinha que ir para uma cidade não muito longe dali. Não contou a mestre Blasius o motivo de sua ida, mas sabia muito bem que lá encontraria os mensageiros do rei Pendragon, que haviam saído a sua procura. A caminho, assumiu a forma de um velho pastor: uma grande clava no pescoço, os pés descalços, uma roupa velha e rasgada, bem folgada no corpo, e uma barba muito comprida e eriçada. Sob essa forma chegou à cidade e à taberna em que estavam os mensageiros, encontrando-os em meio a uma refeição. Ao verem-no aproximar-se os mensageiros disseram: "Vejam só: um selvagem." Merlin, contudo, limitou-se a olhar para eles e a dizer-lhes: "Os senhores mensageiros não parecem muito preocupados em cumprir sua missão. Preferem gastar seu tempo comendo e bebendo, em vez de procurar Merlin. Se me tivessem incumbido de achá-lo, tarefa que cabe a vocês, eu saberia muito melhor como encontrá-lo."

Nesse momento, os mensageiros se levantaram de suas cadeiras, cumprimentaram-no cordialmente e perguntaram-lhe se ele sabia onde Merlin estava ou se o tinha visto. "Sim, na verdade eu o conheço e sei onde ele está escondido. Ele mesmo me disse que vocês tinham chegado para buscá-lo, mas que ele não iria com vocês caso o encontrassem; disse também que vocês deveriam dizer ao rei que ele jamais conseguirá reconquistar os castelos enquanto Hangius viver. Saibam vocês que, dentre os que aconselharam o rei a mandar buscar Merlin, apenas um ainda se encontra no acampamento do rei. Dos numerosos conselheiros do rei, apenas três ainda vivem e é a eles e ao próprio rei que vocês devem dizer o seguinte: se eles mesmos vierem procurar Merlin, eles o encontrarão no campo pastoreando o rebanho. Se o rei não vier em pessoa, Merlin não será encontrado."

Os mensageiros se entreolharam atônitos, e tão perplexos estavam que não sabiam o que dizer. Quando quiseram continuar a conversar com o estranho, ele já havia sumido, e eles não sabiam para onde ele tinha ido. "Vamos embora", disseram, "e contemos ao rei essa história estranha."

XV

Como Merlin, transformado em outra pessoa, encontra o novo rei, torna-se seu conselheiro e faz toda sorte de travessuras

Os mensageiros retornaram à presença do rei e relataram a ele tudo o que lhes tinha acontecido. Para seu grande espanto, encontraram mortos todos os membros do grande conselho que o velho pastor havia dito que já haviam morrido. Todos os presentes disseram então que não podia ser outra pessoa senão o próprio Merlin que lhes tinha aparecido sob a forma de um velho pastor.

O rei Pendragon deixou o reino aos cuidados de seu irmão Uter, reuniu sua comitiva e com ela cavalgou em direção à Nortúmbria, onde, segundo os mensageiros lhe haviam dito, Merlin seria encontrado. Perguntou por Merlin em toda a região, mas ninguém sabia informar nada sobre ele, pois Merlin não tinha aparecido em parte alguma. Finalmente, o rei resolveu embrenhar-se na floresta e mandou à frente alguns dos nobres que o acompanhavam. Um deles deparou-se com um grande rebanho bovino e com um homem muito feio, que pastoreava o rebanho. Perguntou ao homem a quem pertencia aquele rebanho, e obteve a seguinte resposta: "Pertence a um homem muito sábio e respeitado da Nortúmbria. Ele me disse que o rei Pendragon viria procurá-lo aqui. O senhor poderia me dizer se isso é verdade?" — "Sim, é verdade", respondeu o nobre. "O senhor poderia me dizer onde eu encontraria esse homem sábio?" — "Ao senhor eu não direi, mas se o rei em pessoa estivesse aqui eu teria enorme prazer em dizê-lo." — "Bem, então venha comigo até a presença do rei." — "Mas se eu fizer isso quem vai pastorear meu rebanho? Eu mesmo não tenho necessidade de ver o rei. Se ele vier até mim eu lhe direi onde encontrar o que procura." — "Está bem. Peço-lhe então que espere aqui, que eu vou chamar o rei."

O rei imediatamente cavalgou para os pastos da floresta junto com o nobre, tão logo ouviu dele aquela história. De novo era Merlin, que aparecera sob a forma de um pastor. Ele disse ao rei: "O senhor veio em busca de Merlin, mas mesmo que o senhor soubesse onde ele está, ele não o acompanharia, se não tivesse vontade. Se o senhor quer um conselho, siga até a cidade mais próxima. Logo que lá chegar, Merlin irá encontrá-lo." — "Como posso saber se o que você me diz é verdade?", perguntou o rei. "Se não quiserem acreditar em mim, não façam o que estou dizendo; seria tolice seguir um conselho em que não se confia." — "Não desconfio de você", exclamou o rei, "e vou seguir seu conselho." Depois deu meia-volta e dirigiu-se à cidade mais próxima. Lá chegando, entrou numa taberna. Nem bem tinha desmontado, quando dele se aproximou um homem de muito boa aparência, bem vestido, montado num belo cavalo, que perguntou pelo rei. Era Merlin em pessoa. Quando chegou diante do rei, disse: "Majestade, Merlin mandou-me até aqui e pediu-me que lhe dissesse que era ele mesmo o pastor que o senhor encontrou na floresta. Ele prometeu ao senhor vir encontrá-lo aqui, mas mandou dizer que o senhor não precisa mais dele." — "É claro que preciso, meu amigo, e sempre vou precisar", respondeu o rei. "Trago dele boas novas para o senhor: Hangius está morto. O irmão do senhor, Uter, o matou." — "Você diz coisas assombrosas!", disse o rei muito admirado. "É mesmo verdade o que você está me dizendo?" — "Se o senhor duvida, mande alguém até lá para averiguar."

O rei Pendragon ordenou que dois de seus acompanhantes montassem sem demora e mandou-os a seu irmão Uter. Mas eles não chegaram a ir muito longe, pois encontraram dois mensageiros de Uter, que procuravam o rei Pendragon para dizer-lhe que Uter havia matado Hangius. Os quatro, juntos, cavalgaram de volta à cidade, onde o rei Pendragon continuava esperando por Merlin. O rei se admirou ao ver confirmada a morte de Hangius, tal como lhe havia sido dito antes por aquele homem em que Merlin se transmutara, mas que ele não havia reconhecido. Proibiu a todos, sob pena de morte, de mencionarem a maneira como Hangius havia sido morto; ele queria ver se Merlin também saberia isso quando chegasse.

Finalmente, Merlin mostrou-se ao rei em sua forma verdadeira, de sorte que todos os que já o tinham visto antes imediatamente o reconheceram. Chamou o rei em particular e disse-lhe: "De hoje em diante passo a ser um dos seus e quero assisti-lo em tudo de que necessitar. Sou Merlin, a quem o senhor vem procurando há tanto tempo; era eu o pastor que conversou com o senhor na floresta; também era eu o mensageiro que esteve aqui com o senhor. Fui eu também que aconselhei seu irmão a lutar contra Hangius. Assumindo formas diferentes, os membros de seu conselho que me tinham visto antes não puderam me reconhecer, pois estes não conhecem de mim senão minha aparência exterior; minha essência interior, porém, eles jamais conhecerão. Eles me conhecem pela forma com que agora me apresento diante do senhor. Mas sempre poderei, se quiser, esconder-me deles. Ao senhor, porém, rendo minhas homenagens."

O rei ficou tão feliz em ter Merlin do seu lado, que era como se tivesse ganho o mundo inteiro de presente. Mandou chamar seus conselheiros, que reconheceram Merlin imediatamente e ficaram muito surpresos ao saber que Merlin já havia conversado tantas vezes com o rei sob formas diferentes. "Merlin", começou Pendragon, "responda-me uma coisa: como foi que Hangius morreu?" — "Tão logo ficou sabendo que o rei havia deixado seu palácio para me procurar", respondeu Merlin, "o intrépido Hangius decidiu armar-se e, no meio da noite, tomar de assalto a tenda de seu irmão Uter. Imediatamente tive conhecimento de seu intento; fui ter com Uter e aconselhei-o a precaver-se, pois Hangius estava na cidade e tinha intenção de invadir sua tenda para assassiná-lo. Disse-lhe também muitas coisas sobre a ousadia, a força e a valentia de Hangius. Graças a Deus e a todos os santos ele acreditou em minhas palavras. Ao cair da noite, Hangius entrou de espada em punho na tenda de seu irmão, mas ele não estava lá, conforme eu o havia aconselhado. Hangius ficou furioso. Quando quis sair dali, seu irmão, que o estava observando investiu contra ele; os dois lutaram até que Uter conseguiu vencê-lo, matando-o." — "E sob que forma você apareceu ao meu irmão?", perguntou o rei. "Sob a forma de um ancião." — "Você disse a ele quem era?" — "Não, não disse, e ele só ficará sabendo quando você lhe contar." — "Você não vai comigo? Vejo o quanto você é sábio e de como precisarei de seus conselhos." — "Quanto mais perto eu ficar de você, mais irritados ficarão seus conselheiros, pois diante de meus bons conselhos nada lhes restará a fazer. Dentro de doze dias, porém, você voltará a me ver na companhia de seu irmão Uter, na mesma forma sob a qual apareci a ele pela primeira vez. Contudo, peço-lhe que nunca conte nada disso a ninguém, de outra forma nunca mais lhe revelarei nada." — "Está certo", disse o rei, "não direi uma palavra sequer a ninguém."

Combinaram, então, que dentro de doze dias Merlin retornaria à corte de Pendragon e Uter, e se despediram. Merlin dirigiu-se à floresta para encontrar-se com mestre Blasius, e pediu-lhe que anotasse no livro todos esses fatos, exatamente como foram aqui descritos. Pendragon, por sua vez, retornou à corte para encontrar-se com seu irmão Uter. Os dois irmãos ficaram muito contentes em se rever. Pendragon chamou seu irmão em particular e contou-lhe, nos mínimos detalhes, a forma como ele,

Uter, tinha matado Hangius, e muitas outras coisas que deixaram Uter muito admirado. "Ninguém", disse ele, "ninguém sabe de todas essas coisas além de Deus e de um bondoso ancião, que em segredo me preveniu contra Hangius, dizendo que ele queria me matar durante a noite. Por Deus, quem pode ter contado a você todas essas coisas?" — "Veja você, meu irmão", respondeu o rei, "que eu sei muito bem de tudo o que aconteceu. Mas, diga-me, quem é esse homem que o alertou para o perigo? Não fosse ele, penso que hoje você estaria morto pelas mãos de Hangius." — "Juro por tudo quanto há de mais sagrado que não o conhecia, nem nunca o tinha visto antes; mas ele me pareceu um homem muito íntegro e respeitável, por isso confiei em suas palavras." — "Você seria capaz de reconhecê-lo se o visse de novo?", perguntou Pendragon. "Certamente que sim." — "Daqui a onze dias ele estará aqui com você. Portanto, não se afaste de mim quando esse dia chegar, pois também eu quero vê-lo e conhecê-lo." Uter prometeu esperar, junto ao irmão, pelo dia em que o ancião apareceria.

Merlin sabia muito bem o que os dois irmãos tinham combinado. Sabia também que Pendragon queria colocá-lo à prova de qualquer maneira. Contou tudo a mestre Blasius e fez com que ele o anotasse em seu livro. "E agora, o que você vai fazer com eles?", perguntou mestre Blasius. "Pendragon e seu irmão Uter", respondeu Merlin, "são dois príncipes adoráveis. Quero servi-los com amor e lealdade, palavras e atos; mas quero também pregar-lhes algumas peças, de que eles possam rir-se depois. Uter está apaixonado por uma linda dama da alta nobreza; quero assumir a forma do pequeno criado desta dama e levar-lhe uma carta da parte dela. Ele vai acreditar no que eu lhe disser, e já que sei muito bem de tudo o que ele conversou em segredo com essa dama contar-lhe-ei tudo e ele ficará muito admirado. E isso vai acontecer bem no décimo primeiro dia, data em que ele me espera." Despediu-se de mestre Blasius e, no dia marcado, chegou à corte do rei. Tendo assumido a forma do pequeno criado, foi levado à presença de Uter, que muito se alegrou em receber notícias de sua amada. Tomou a carta que o criado lhe entregou em nome dela, abriu-a com o coração transbordando de felicidade, e nela encontrou as mais doces palavras de amor. Na carta, a moça também pedia que ele acreditasse em tudo o que o criado lhe dissesse. Merlin deu-lhe então as notícias mais alegres, contou-lhe coisas que, como sabia muito bem, dariam muito prazer a Uter, e ficou conversando com ele sobre assuntos agradáveis até a noitinha. Uter não cabia em si de tanta felicidade, e recompensou o criado generosamente. Pendragon, que esperava para aquele dia a chegada de Merlin, ficou consternado quando caiu a noite e Merlin não tinha chegado. Também Uter esperava por ele, e enquanto conversava com o criado este afastou-se por um momento, tomou a forma do velho com a qual tinha aparecido a Uter pela primeira vez e assim mostrou-se a ele no jardim interno do palácio, no mesmo jardim em que antes estiveram conversando. Uter reconheceu-o de imediato, foi até ele e disse-lhe: "Amigo, peço-lhe que espere por mim aqui por alguns minutos, até que eu tenha conversado com meu irmão Pendragon." O velho concordou em esperar e Uter foi até o rei. "Irmão", disse ele, "nosso homem chegou." — "Você está certo de que é o mesmo homem que o alertou para o perigo que Hangius representava?", perguntou Pendragon. "Tenho certeza absoluta. Eu o conheço muito bem." — "Então vá outra vez até ele e ponha-o à prova para saber se se trata da mesma pessoa. Quando você estiver absolutamente certo disso, venha me chamar."

Uter obedeceu seu irmão e saiu novamente para o jardim, onde encontrou o homem do mesmo modo como o havia deixado. "O senhor é o mesmo homem", disse, "que me preveniu contra Hangius. Conheço-o muito bem. Seja benvindo. Não posso deixar de me espantar, no entanto, com o fato de meu irmão Pendragon saber de tudo e ter-me contado exatamente o que o senhor me disse naquele dia, sabendo inclusive de tudo o que fiz depois de o senhor ter-se retirado. Ele sabia até que o senhor viria hoje. Portanto, não posso deixar de me admirar e de me perguntar quem pode ter revelado tudo isso a ele." — "Vá e traga seu irmão", disse Merlin. "Ele nos dirá através de quem ficou sabendo de tudo." Uter entrou de novo no castelo e disse a Pendragon: "Venha agora, meu irmão, pois trata-se do mesmo homem." Pendragon, que sabia muito bem tratar-se de Merlin e que ele ainda ia pregar uma série de outras peças em seu irmão, ordenou aos vigias dos portões que não permitissem a entrada ou a saída de ninguém. E quando os dois se dirigiram ao local em que Uter havia deixado o velho, não encontraram ninguém além do pequeno criado. "E então, meu irmão", perguntou Pendragon, "onde está o homem?" Uter estava atônito e não sabia o que dizer, algo com que Pendragon muito se deleitou, pois sabia que Merlin só estava brincando. Merlin ainda ficou fingindo por um bom tempo, até que finalmente mostrou-se a Uter e a Pendragon em sua forma verdadeira e explicou-lhes tudo. Os dois acharam tudo muito engraçado e ficaram muito felizes.

"Veja só, meu irmão", disse Pendragon, "este é o homem que o protegeu de Hangius; foi também à procura dele que eu saí; é ele quem tem poderes para saber tudo o que acontece, tudo que é dito, tanto no presente quanto no futuro. Portanto, peçamos a ele que fique sempre ao nosso lado e nos ofereça sua ajuda e seus conselhos, para que nada façamos sem seu consentimento e para que ele nos guie onde quer que estejamos." Os dois irmãos pediram a Merlin que permanecesse para sempre junto deles e que os aconselhasse em todos os assuntos, para que eles só reinassem sob sua orientação. "É com prazer que serei seu conselheiro", respondeu Merlin. "Tudo o que vocês precisam fazer é acreditar em mim." Os dois irmãos prometeram fazê-lo, tanto mais porque sabiam que era verdade tudo o que Merlin lhes havia dito. Em seguida reiteraram seu pedido para que Merlin não mais os deixasse.

"Digníssimos senhores", replicou Merlin, "só vocês devem saber a meu respeito e vocês, mais do que quaisquer outros, poderão sempre me reconhecer. Agora, porém, uma necessidade urgentemente me obriga a ir até a Grã-Bretanha. Mas juro-lhes por Deus que, onde quer que eu esteja, pensarei em vocês e cuidarei preferencialmente dos assuntos de seu interesse. Não se aborreçam nem se molestem se eu deixá-los, pois posso estar com vocês a qualquer hora do dia, se isso for necessário; e se vocês se encontrarem em perigo, ou em alguma situação embaraçosa, podem contar que sempre estarei por perto. Não faltarei com minha ajuda e meus conselhos sempre que vocês deles necessitarem. Quando chegar a hora de voltar, serei apresentado a vocês por sua própria gente. Façam como se me vissem pela primeira vez e demonstrem alegria pela minha presença, como se não estivessem esperando por ela. As pessoas que me trouxerem aconselharão vocês a me consultarem sempre para todos os assuntos e me elogiarão muito. Desse modo vocês poderão seguir com toda a segurança meus conselhos e sugestões, como se eles representassem a opinião dos outros."

XVI

Como um conselho de Merlin liberta o reino da invasão dos pagãos

Merlin despediu-se do rei Pendragon e de seu irmão Uter, e seguiu para a Grã-Bretanha, onde ficaria por longo tempo. Enquanto isso, Pendragon e Uter continuaram a combater incessantemente os pagãos, que haviam se multiplicado muito em todo o reino. Mas não encontravam um meio de expulsá-los, até que, quatro meses depois, Merlin retornou. Os antigos conselheiros do rei Vortigern ficaram muito contentes com isso e levaram-no à presença do rei Pendragon; eles não sabiam que Pendragon e Uter já conheciam Merlin. "Merlin chegou", disseram ao rei. "Chegou o mais sábio dos homens; o que ele aconselhar Vossa Majestade a fazer, certamente será o melhor pois ele conhece até o que é mais desconhecido." Pendragon fez exatamente o que Merlin lhe tinha aconselhado: ficou muito feliz com essa notícia, fez como se não o conhecesse ainda e disse que gostaria muito de ir ao encontro desse homem tão sábio. A caminho, os conselheiros contaram-lhe tudo o que Merlin havia profetizado ao rei Vortigern, e todas as suas façanhas; o rei ouviu com muito prazer a história dos dragões e todas as outras profecias, até que Merlin se aproximou dele. Os conselheiros o apresentaram ao rei, que o recebeu com toda a honra e cortesia, como se o visse pela primeira vez. Em seguida, conduziu-o a seu palácio, onde os velhos conselheiros, em particular, disseram-lhe o seguinte: "Majestade, já que agora o senhor conta com a ajuda de Merlin, deixe que apenas ele o aconselhe sobre como pôr bom termo à guerra e dela sair vitorioso; o conselho que lhe der, o senhor deverá seguir." Em seguida, deixaram o rei sozinho em companhia de Merlin.

Após ter-se divertido com ele durante três dias e de ter-lhe propiciado muitas honrarias e prazeres, o rei convocou uma grande reunião do conselho, à qual compareceu acompanhado por Merlin. Dirigindo-se a Merlin, disse-lhe tudo o que os antigos conselheiros lhe haviam contado sobre sua sabedoria; pediu-lhe também que o aconselhasse sobre a melhor maneira de expulsar definitivamente os pagãos do reino. "Pois saiba", disse Merlin, "que, desde a morte de Hangius, líder dos pagãos, tudo o que eles querem é sair destas terras. Na minha opinião, você deve enviar mensageiros até eles com a incumbência de propor-lhes uma trégua de três semanas. Como resposta, eles dirão que este reino lhes pertence, e que o exigem de volta. Em suma, não vão conceder-lhe o cessar-fogo proposto. Você deve então responder-lhes que caso não desocupem imediatamente os castelos e fortalezas o senhor os exterminará a todos."

Na mesma hora, o rei mandou o cavaleiro Ulsin, um homem muito sensato, junto com dois outros mensageiros até os pagãos, com a missão que Merlin lhe havia aconselhado. Os mensageiros foram ter com os principais líderes dos pagãos, que estavam num dos castelos mais fortificados do reino. Os líderes receberam com honrarias os enviados do rei, e o cavaleiro Ulsin transmitiu-lhes a mensagem real, segundo a qual se propunha uma trégua de três semanas. Os pagãos pediram para reunir-se em conselho até o dia seguinte. O cavaleiro Ulsin e seus acompanhantes deixaram o castelo. Os pagãos passaram a noite toda discutindo o problema. Concordaram em que haviam sofrido uma grande perda com a morte de Hangius e que suas provisões de alimentos, nos castelos e fortalezas ocupados, começavam a faltar; além disso, não eram vistos com bons olhos pelo povo do reino. Por outro lado, porém, pensaram que, como vinha do rei o pedido de cessar-fogo, provavelmente ele estava enfraquecido. Embora tudo o que quisessem agora fosse salvar suas vidas e o pouco que possuíam — porque não é nada bom viver numa terra em que não se tem o que comer — mandaram ao rei a seguinte resposta: "Se o rei, em paz, nos entregar suas terras, cidades e fortalezas, estamos dispostos a dar-lhe, anualmente, trinta cavaleiros bem armados e mestres na arte da montaria, dez virgens, dez damas e dez mulheres, com seus criados e criadas correspondentes, bem como cem falcões, cem cavalos e cem palafréns."

Os mensageiros retornaram ao rei Pendragon trazendo essa mensagem e, reunidos em conselho lhe contaram tudo o que tinha se passado junto aos pagãos. O rei Pendragon voltou-se para Merlin e perguntou-lhe o que fazer. "Se você conceder-lhes o que eles pedem", respondeu Merlin, "no futuro eles causarão grandes prejuízos ao reino. Mande dizer-lhes que desocupem as terras sem demora, e você verá que eles o farão, e de bom grado, pois suas provisões de alimentos estão acabando e eles estão morrendo de fome. Devolva-lhes a vida e eles não exigirão mais nada." O rei fez exatamente o que Merlin havia aconselhado. No dia seguinte, enviou aos pagãos os mesmos mensageiros com a missão de dizer-lhes que deixassem aquelas terras imediatamente. Os pagãos ficaram felizes ao ouvir essa ordem. Reuniram-se na mesma hora e, juntos, resolveram partir; o rei providenciou-lhes navios, e eles partiram mar afora, deixando para trás o reino.

Assim, um conselho de Merlin libertou a terra da invasão dos pagãos, o que fez com que Merlin passasse a ser mais honrado e respeitado por todo o povo. O rei Pendragon reinou em paz durante longo tempo. Seu povo o amava e venerava mais do que todas as coisas. Pendragon não reprimia seu povo, nem exercia sobre ele nenhum tipo de coação. Merlin estava sempre a seu lado, e ele nada fazia sem o consentimento dele. Nenhum outro conselho lhe era tão valioso quanto o dele.

XVII

Sobre um invejoso que arma uma cilada para Merlin e tem profetizada uma morte tripla, e sobre o livro das profecias

Vivia no reino um senhor muito rico e distinto, de nobre linhagem e, depois do rei, um dos homens mais poderosos daquelas terras. Contudo, sua índole era péssima: tinha o coração cheio de ódio, inveja e maus pensamentos. Ele tinha muita inveja de Merlin e, não podendo mais suportá-lo, foi até o rei e lhe disse: "Majestade, muito me admira que o senhor acredite tão piamente em Merlin, já que tudo o que ele sabe provém do Demônio e ele está cheio das artimanhas do Maligno. Se o senhor permitir, quero colocá-lo à prova em sua presença, e o senhor verá que tudo não passa de mentira e enganação." O rei concedeu-lhe permissão, sob a condição de ele não insultar Merlin de forma alguma. "Prometo", respondeu o homem, "nada fazer que possa molestá-lo, e nem sequer tocá-lo."

Certo dia, estando Merlin a conversar com o rei, esse respeitado senhor apareceu, acompanhado de dois outros, e se fez passar por doente. "Vejam só", disse ele ao rei, "aqui está o sábio Merlin, que previu ao rei Vortigern o modo como ele ia morrer, isto é, queimado pelas mãos do senhor. Será que o senhor poderia perguntar-lhe que enfermidade me acomete e de que forma irei morrer?" O rei e os acompanhantes daquele respeitado senhor pediram a Merlin que fizesse o que ele estava pedindo. Merlin sabia muito bem o que o homem queria, e também conhecia muito bem sua inveja e seu ódio. "Respeitado senhor", disse ele, "saiba que nesse momento o senhor não está absolutamente doente. Mas o senhor vai cair do cavalo e quebrará o pescoço. Será este o seu fim." — "Deus há de me proteger disso", disse o homem sorrindo, como se quisesse zombar das palavras de Merlin. Depois, falou em particular ao rei: "Guarde bem em sua memória, Majestade, essas palavras de Merlin, pois vou colocá-lo à prova em sua presença, perguntando-lhe a mesma coisa, mas disfarçado de outra pessoa." Em seguida despediu-se do rei e foi para suas propriedades. Depois de dois ou três meses ele retornou; estava disfarçado, de sorte que não era possível reconhecê-lo, e fazia-se passar por doente. Secretamente, pediu ao rei que trouxesse Merlin até onde ele estava, mas que não dissesse a Merlin quem ele era. O rei mandou dizer-lhe que mandaria Merlin até ele e que nada diria sobre sua identidade. "Você gostaria de me acompanhar à casa de um doente na cidade?", perguntou o rei a Merlin. "Com muito prazer", respondeu Merlin: "Deve ser um amigo de muita confiança do rei, já que você em pessoa vai visitá-lo." — "Sim", replicou o rei, "quero ir até a casa dele acompanhado apenas de você." — "Um rei não deveria visitar um doente", disse Merlin, "sem uma forte escolta de pelo menos trinta homens." O rei pediu um séquito de trinta homens, que foram escolhidos por Merlin entre os de sua preferência, e, assim acompanhado, foi até a casa do doente. Quando este viu o rei na companhia de Merlin, disse: "Majestade, peço-lhe que pergunte a Merlin se eu vou me curar ou não." — "Ele não vai morrer dessa doença, nem entrevado na cama", respondeu Merlin. "Ah, Merlin", disse o doente, "o senhor poderia me dizer qual será minha morte?" — "No dia de sua morte", disse Merlin, "o senhor será encontrado enforcado."

Em seguida, Merlin fingiu estar muito irritado e retirou-se. "Então, Majestade", disse o doente, "agora o senhor pode ver que esse homem mente, pois o senhor deve se lembrar que da primeira vez ele me profetizou uma outra morte. Mas, se o senhor quiser, eu o colocarei à prova ainda uma terceira vez. Amanhã irei a um monastério, me farei passar por um monge doente e mandarei um abade até a presença de Vossa Majestade para mandar chamá-lo. O abade dirá ao senhor que eu sou um parente muito próximo dele e que estou moribundo. Pedirá ao senhor que traga Merlin consigo para que ele diga se eu vou me restabelecer ou morrer. Esta será a última prova."

O rei prometeu cumprir o combinado e foi para casa. O doente, por sua vez, viajou para um monastério e, no dia seguinte mandou um abade procurar o rei, conforme o combinado. O rei convidou Merlin e, juntos, cavalgaram em direção ao monastério, onde primeiramente assistiram à missa. Depois da missa apareceu o abade, acompanhado de cerca de vinte religiosas, e pediu ao rei para levar Merlin sem demora até a presença de seu parente, enfermo há cerca de meio ano, para que Merlin lhe dissesse de que doença sofria e como seria sua morte. "Você gostaria de me acompanhar até onde está o doente?", perguntou o rei. "Com muito prazer", respondeu Merlin. "Antes, porém, quero falar em particular com o rei e com seu irmão Uter." Os três afastaram-se dos demais, e Merlin disse ao rei e a seu irmão: "Quanto mais os conheço, mais tolos os considero. Vocês acham mesmo que eu não sei qual será o fim desse louco que pensa estar me colocando à prova? Mais uma vez eu o revelarei a ele na presença de vocês, para que vocês se surpreendam depois." — "Como é possível", perguntou o rei, "que ele tenha duas formas diferentes de morte?" — "Mais do que duas", respondeu Merlin. "E se isso não for verdade vocês nunca mais precisam acreditar em mim. Dou-lhes minha palavra de que não me separarei de vocês enquanto não virmos com nossos olhos o que eu vou profetizar a ele." Em seguida, os três foram juntos até o quarto do doente.

Quando o abade mostrou o doente ao rei e pediu-lhe que perguntasse a Merlin se ele se restabeleceria e de que forma viria a morrer, Merlin se fez de muito irritado e disse ao abade: "Senhor abade, seu doente pode muito bem levantar-se dessa cama, pois não está sentindo nada. Ele está destinado a morrer não apenas das duas formas que já lhe profetizei, mas também de uma terceira: no dia de sua morte ele vai quebrar o pescoço, vai ficar pendurado e vai morrer afogado. E quem nesse dia ainda viver, irá constatar essas três coisas. Meu senhor", prosseguiu Merlin, agora se dirigindo ao doente, "pare de fingir. Conheço sua má índole, sua falsidade e suas más intenções."

O doente então sentou-se na cama e disse: "Majestade, agora o senhor tem uma prova da loucura desse homem. Como posso quebrar o pescoço, ficar pendurado e morrer afogado? Isso não pode acontecer nem comigo nem com ninguém. Veja o senhor que insensatez confiar num homem como esse." — "Nada posso decidir", respondeu o rei, "enquanto não vivermos os fatos."

Todos os presentes ficaram muito impressionados com as palavras de Merlin e muito curiosos para saber se elas se confirmariam ou não.

Algum tempo depois, esse distinto cavalheiro cavalgava em companhia de muitos outros sobre uma ponte de madeira construída sobre um rio. Ao chegar bem no meio da ponte o cavalo que ele montava se assustou, e saltou sobre a amurada; o cavaleiro caiu do cavalo, quebrou o pescoço na amurada da ponte, caiu lá para baixo, mas ficou pendurado por suas longas vestes numa das pilastras, de sorte que as pernas ficaram para cima e a cabeça e o tronco ficaram mergulhados na água. Dentre os que o acompanhavam estavam dois que haviam estado presentes na ocasião em que Merlin profetizara ao homem uma morte tripla. Sentiram tanto medo ao ver confirmar-se com tamanha exatidão a profecia, que não puderam conter um grito de horror. Os outros também começaram a gritar e a chamar por socorro, sendo ouvidos até no povoado mais próximo. Na mesma hora, as pessoas correram até a ponte para ver o que estava acontecendo. Tiraram o homem da água e o trouxeram para cima. Os dois homens que faziam parte de sua comitiva disseram: "Deixem-nos ver se ele realmente quebrou o pescoço." E quando confirmaram suas suspeitas sentiram medo e admiração pelo poder de Merlin. "Só mesmo um louco", disseram eles, "não acreditaria nas palavras de Merlin, pois elas são a expressão da mais pura verdade." Depois disso tomaram o cadáver e o enterraram com todas as pompas a que tinha direito por sua posição.

Merlin foi logo ter com Uter, contou-lhe sobre a morte do homem e de como tudo tinha acontecido; "Vá", disse ele, "e conte tudo a seu irmão, o rei Pendragon." Uter obedeceu, e quando Pendragon soube por ele do ocorrido, disse: "Vá até Merlin e pergunte a ele quando foi que tudo isso aconteceu." — "Hoje faz quatro dias", respondeu Merlin; "daqui a seis dias, os criados daquele senhor virão dar a notícia ao rei. Mas como vão me perguntar muitas coisas e eu não lhes quero responder nada, irei embora. Saibam também que nunca mais responderei a tudo o que me perguntarem na frente das pessoas. Minhas respostas doravante serão enigmáticas, de sorte que ninguém conseguirá entendê-las, até que minhas previsões se realizem."

Merlin se foi, e Uter contou a seu irmão tudo o que ele havia dito. O rei pensou que Merlin estivesse zangado com ele, e ficou consternado ao saber que ele partira. "Para onde ele foi?", perguntou a Uter. "Não sei", respondeu o irmão, "mas ele disse que não queria mais continuar aqui."

Passados seis dias, os criados daquele senhor vieram relatar oficialmente ao rei todo o episódio da morte de seu senhor. O rei, e todos os que naquela época viveram, disseram que jamais existira um homem mais sábio do que Merlin, e a ele renderam muitas homenagens. O rei, seu irmão Uter e Ambrosius Aurelius decidiram também, em respeito e consideração a Merlin, anotar tudo o que viessem a ouvir dele.

Esta é a origem das profecias de Merlin, de tudo o que ele previu sobre os reis da Inglaterra e sobre muitas outras coisas de que falou. Neste livro de profecias não se discute a questão do que ou de quem Merlin foi, mas única e exclusivamente as coisas que ele disse. Merlin, que sabia que o rei Pendragon mandaria escrever suas palavras, contou tudo a mestre Blasius. "Será que eles vão escrever um livro parecido com o meu?", perguntou mestre Blasius. "Não", respondeu Merlin, "eles só poderão escrever o que virem e ouvirem, pois não são capazes de outra coisa."

Em seguida despediu-se de mestre Blasius e voltou para a corte de Pendragon. A alegria e as homenagens foram muitas quando o viram chegar. O rei ficou muito contente com sua chegada.

XVIII

Como Merlin planeja a batalha contra os pagãos, e a sinistra sentença de morte que profere

Em razão de o povo todo ficar sabendo de suas palavras e de todos pensarem em colocá-lo à prova, Merlin decidiu não mais falar tão claramente; todas as suas palavras e sentenças tornaram-se então mais obscuras, e as pessoas só chegavam a entendê-las depois de elas terem acontecido. Assim, certo dia Merlin veio à presença de Pendragon e Uter com uma expressão muito abatida: "Vocês devem se lembrar muito bem de Hangius", disse ele, "que encontrou a morte pelas mãos de Uter. Esse Hangius provinha de uma das famílias mais nobres e poderosas do país dos pagãos; seus parentes juraram vingar sua morte e não descansar enquanto não conquistassem estas terras. De todas as partes eles reuniram sua gente. Muitos duques e príncipes da terra juntaram-se a eles, acompanhados de seus homens. Eles não tardarão a chegar; já se dirigem para cá em enorme multidão, e não vão desistir enquanto não subjugarem toda a terra."

O rei Pendragon e seu irmão Uter ficaram muito assustados com essas palavras de Merlin. "Serão os parentes de Hangius tão poderosos que não conseguiremos enfrentá-los?", perguntaram. "Para cada guerreiro que vocês possuem eles têm dois; e se vocês não usarem de grande inteligência e esperteza eles tomarão e destruirão totalmente seu reino." — "Nada fazemos sem seu consentimento, Merlin. Diga-nos, quando eles vão chegar?" — "No mês de junho eles estarão no rio das planícies de Salisbury. Nessa hora vocês deverão contar com o maior número possível de homens armados para defender suas terras." — "O quê?", perguntou o rei. "Terei então que permitir que eles invadam nossas terras?" — "Sim, vocês terão que fazer isso, se acreditam em mim. Deixem que eles avancem um bom trecho, pelo rio, antes de investirem toda a sua força contra eles. Planejem seu ataque de sorte que um de vocês, usando de toda a sua força, consiga isolá-los no rio. Com isso, começarão a faltar-lhes provisões e material bélico. Mantenham-nos isolados por dois dias, e só no terceiro partam para a batalha propriamente dita. Se vocês seguirem à risca minhas indicações, obterão a vitória." — "Diga-nos, em nome de Deus, e se for de sua vontade", perguntaram os dois irmãos, "se um de nós irá tombar nesta batalha." Merlin respondeu dizendo: "Tudo o que existe sobre a face da terra teve seu início e terá seu fim. Ninguém deve temer a morte de um outro, pois todos morrerão um dia. Assim, que cada um aceite sua morte, pois ninguém é imortal."

"Merlin", começou Pendragon, "no dia em que você previu com tanta precisão a forma como ia morrer aquele que o queria colocar à prova, também me disse que, assim como sabia como ia morrer o outro, também sabia como eu ia morrer. Peço-lhe, portanto, que o revele para mim." Merlin respondeu: "Mandem trazer o santo relicário, e sobre ele jurem, os dois, fazer exatamente o que os aconselho a fazer, para seu próprio bem e para sua dignidade. Depois disso me sentirei mais confiante para revelar a vocês o que eu quiser." O relicário foi trazido, e o rei e seu irmão juraram um ao outro, como Merlin havia pedido, fidelidade e ajuda mútuas na batalha até a morte. "Neste momento", disse Merlin, "vocês fizeram o juramento de se ajudarem com valentia, e de um permanecer fiel ao outro na batalha até a morte; sejam, portanto, fiéis um ao outro e o estarão sendo também a

Deus. Confessem suas faltas e recebam o corpo de nosso Redentor; peçam ajuda ao Senhor e orem para que Ele lhes dê forças para a batalha contra seus inimigos. Seu dever é proteger o cristianismo contra o paganismo, e por isso Deus abençoará suas ações. Aquele que tombar na luta pela fé será bem-aventurado; portanto, não temam morrer nesta batalha, que será maior e mais sangrenta do que qualquer outra. Um de vocês encontrará a morte. Cumpram, portanto, seu dever, tal como juraram. Aquele que de vocês dois sobreviver empreenderá uma batalha e mandará erigir, com a minha ajuda, um mausoléu, que será o mais belo e mais rico que já existiu. Todos os povos cristãos falarão das coisas que eu lá irei executar. Vistam agora suas vestes de honra, vão ao confessionário e compartilhem da ceia do Senhor; depois mostrem-se confiantes e felizes diante de seu povo, para que ele aja com coragem em honra a Deus."

E Merlin terminou assim seu discurso. Os dois irmãos fizeram tudo o que ele lhes havia ordenado. Quando todos os guerreiros estavam reunidos, o rei distribuiu entre eles muito ouro, presentes, além de numerosos cavalos, e fez um discurso em que disse esperar que eles defendessem o reino com todo o empenho e todas as suas forças. Todos prometeram ajudá-lo, reuniram-se em grande número e, na última semana do mês de junho, tal como o rei lhes havia ordenado, estavam às margens do Tâmisa. Na festa de Pentecostes, o rei reuniu sua corte a céu aberto, às margens do Tâmisa, e deu a cada um de seus guerreiros valiosos presentes, para que eles cumprissem com mais boa vontade ainda seu dever de defender o reino. Eles se dividiram depois em dois regimentos: o primeiro, liderado por Uter, deteve-se na planície de Salisbury; o outro, tendo à frente Pendragon, estabeleceu-se a cerca de duas milhas dali.

Os pagãos chegaram no dia previsto. Uter mandou então que todos os homens de seu regimento se confessassem e se perdoassem mutuamente por eventuais desentendimentos. E assim aconteceu. Os pagãos desembarcaram em terra e descansaram cerca de oito dias; enquanto isso, Uter mandou mensageiros a Pendragon para levar-lhe a notícia de que os inimigos tinham chegado e que eram incontáveis em número.

Pendragon consultou Merlin sobre o que fazer. "Mande dizer a Uter que ele continue de tocaia e deixe que os inimigos avancem terra adentro", respondeu Merlin. "Ele deve então segui-los, com todo o seu regimento, até que os inimigos estejam cercados entre ele e você."

Uter seguiu à risca as ordens de Pendragon: deixou que os pagãos passassem e seguiu no encalço deles com uma tropa tão poderosa e com cavalos tão velozes, que os pagãos, que não imaginavam estar caindo numa emboscada, pararam assustados; então foi a vez de Pendragon acuá-los pelo seu lado, de forma que os pagãos de repente se viram cercados. "Fiquem dois dias assim parados", disse Merlin a Pendragon. "No terceiro dia, que será belo e claro, você verá um dragão voando no céu; ao avistar esse sinal, que diz respeito ao seu nome, parta para a luta, e a vitória será sua." No acampamento, ninguém, além de Merlin e do rei, sabia desse sinal do dragão. O rei mandou um mensageiro levar essa notícia a seu irmão, que muito se alegrou com ela. Merlin disse então a Pendragon: "Agora preciso deixá-lo. Peço-lhe que pense em tudo o que lhe falei; seja bravo e corajoso como convém a um nobre cavaleiro." Depois despediu-se dele e foi ter com Uter em seu acampamento. A ele Merlin disse a mesma coisa que havia dito a Pendragon: "Mantenha a coragem de um bravo cavaleiro; nesta batalha você não tombará." Uter sentiu alívio ao ouvir essas palavras. Em seguida Merlin despediu-se dele e foi para a Nortúmbria, encontrar-se com mestre Blasius, para pedir a ele que anotasse isso tudo.

No terceiro dia, que amanheceu muito claro e ensolarado, Pendragon ordenou que seu exército se preparasse para a batalha. Os pagãos, assustados ao se verem cercados por ambos os lados e reconhecendo a situação nada privilegiada em que se encontravam, também se colocaram em posição de combate, pois nada mais podiam fazer senão defender-se o quanto pudessem. Apareceu então no céu o dragão que Merlin havia profetizado ao rei. Foi uma visão maravilhosa: o dragão expelia fogo pelas ventas e pela bocarra, e todos os que o viram ficaram abismados. Imediatamente o rei ordenou que soassem as trombetas e convocou seus homens a atacar o inimigo e a derrotá-lo sem misericórdia. Em seu acampamento, Uter ordenou a mesma coisa. Assim, ao mesmo tempo, ambos investiram com seus exércitos sobre o inimigo. Uter e seus homens lutaram com tamanha valentia que os pagãos acabaram sendo derrotados. O rei Pendragon, porém, tombou morto, junto com tantos outros homens do reino. Ninguém sabia dizer qual dos dois tinha lutado mais bravamente, se Uter ou Pendragon. Achamos, porém, que Uter e seu exército derrotaram todos os pagãos; que ele dominou o campo de batalha e que, nesse dia, obteve a mais perfeita vitória.

XIX

Como Uter se torna o rei Uterpendragon e como Merlin erige um mausoléu com as pedras que traz, sozinho, da Irlanda

Depois da batalha e da morte do rei Pendragon, o reino passou por direito às mãos de seu irmão Uter. Este ordenou que todos os cristãos mortos no campo de batalha fossem trazidos para um mesmo lugar, e lá mandou construir um cemitério. Para cada homem enterrado foi feito um túmulo com seu nome. Uter ordenou que seu irmão Pendragon fosse enterrado bem ao centro, e para ele mandou erigir um túmulo mais alto que os outros, mas não permitiu que fosse colocada uma lápide com o nome do irmão, pois, conforme disse, "só um tolo não veria, pelo tamanho da sepultura, que ali estava enterrado o senhor de todos os outros". Depois de ter enterrado cada um de seus parentes e amigos, Uter foi para Londres, onde os bispos e prelados ungiram-no e coroaram-no. Depois ouviu o juramento de fidelidade e recebeu as homenagens de todos os seus vassalos.

Dezesseis dias depois, Merlin chegou à corte de Uter, e foi recebido por ele com grande alegria e honra. Algum tempo depois, Merlin disse a Uter que o dragão visto no dia da batalha significava a morte de Pendragon e a salvação de Uter; por isso, pediu ao rei que em memória desse acontecimento e em respeito a seu irmão ele passasse a se chamar Uterpendragon. O rei concordou, e daquele dia em diante passou a ser chamado de Uterpendragon. Merlin mandou fazer um estandarte com a figura de um dragão expelindo fogo pelas ventas, e pediu ao rei que carregasse a sua frente essa bandeira em todas as batalhas de que participasse.

Depois de Uter ter reinado durante longo tempo em paz, e estando vivendo em uma de suas cidades em companhia de Merlin, este perguntou ao rei certa vez se ele não desejaria mandar construir mais alguma coisa no cemitério em que seu irmão repousava. "O que você deseja que eu mande construir? Diga e eu o farei." — "Mande dez ou doze navios de sua esquadra à Irlanda e ordene que tragam pedras de lá e as transportem a Salisbury, para que eu possa cumprir a promessa que fiz a seu irmão de construir um mausoléu. Gostaria também de viajar junto com seus homens para mostrar-lhes as pedras que eles deverão pegar." Os navios foram preparados e Merlin foi enviado junto com os marinheiros para mostrar-lhes as pedras que deveriam transportar. Quando os homens viram as enormes pedras que deveriam trazer, olharam-se admirados. "O mundo inteiro junto", disseram, "seria incapaz de mover sequer uma dessas pedras do lugar; Merlin deve estar louco querendo que levemos essas pedras para o navio." Em seguida, retornaram com seus navios e deixaram Merlin na Irlanda.

Quando os navios chegaram ao reino de Uterpendragon, e os homens contaram ao rei por que não tinham trazido nem as pedras nem Merlin, o rei mandou mais um navio à Irlanda para buscar Merlin. "Seus homens", disse Merlin quando de novo se encontrou com o rei, "não fizeram o que você ordenou. Mas eu quero manter minha palavra e trazer as pedras para Salisbury." E usando de seus poderes fez com que, na manhã seguinte, o cemitério inteiro estivesse cheio daquelas pedras gigantescas, que juntas pareciam formar uma montanha.

Quando o rei e seus homens viram as pedras, não puderam conter uma expressão de espanto, pois perceberam que todas as pessoas do mundo, juntas, não seriam capazes de mover do lugar uma daquelas pedras, e ninguém podia imaginar como Merlin tinha conseguido trazê-las. Merlin disse ao rei: "Majestade, assim como estão dispostas, as pedras não servem para nada. É preciso ordená-las e colocá-las umas sobre as outras." — "Sim, mas quem é capaz de fazer isso?" replicou o rei. "Só Deus poderia realizar essa obra." — "Entao afaste-se", disse Merlin, "quero levar a cabo a obra que comecei." E Merlin começou a realizar uma obra que jamais seria esquecida. Até hoje as pedras estão do modo como Merlin as ordenou, e assim ficarão enquanto o mundo existir. Foi uma obra de arte esplêndida, da qual se admirou o mundo inteiro.

Por causa dessa obra, o amor de Uter por Merlin tornou-se ainda maior do que já era. O rei o manteve por longo tempo em sua corte e nada fazia sem antes consultá-lo.

XX

Sobre a terceira Távola Redonda em Gales, à qual se sentam cinqüenta cavaleiros, permanecendo um lugar vazio

Certo dia, Merlin veio até o rei e lhe disse: "Meu rei, você sabe que, depois da crucificação de Nosso Senhor, um cavaleiro muito devoto, chamado José de Arimatéia, comprou de Pilatos o corpo de Cristo e enterrou-o. Esse cavaleiro amava tanto Cristo que os judeus o perseguiram e lhe fizeram muito mal. Depois da ressurreição de Cristo, José de Arimatéia mudou-se para um deserto, junto com a maior parte de sua família, e muitas outras pessoas. Ali passaram muitas privações e muitos morreram de fome. Revoltaram-se então contra o cavaleiro, seu senhor. O cavaleiro viu as privações por que passava seu povo e fervorosamente orou a Nosso Senhor Jesus Cristo, pedindo que Ele o ajudasse a pôr fim a todas aquelas penúrias. Nosso Senhor ordenou-lhe que construísse uma távola, exatamente igual àquela em que Ele havia tomado a Santa Ceia junto com seu apóstolos. Essa távola deveria ser muito bem ornamentada e coberta com finos tecidos brancos. Sobre ela seria colocado um cálice de ouro, que o próprio Senhor enviaria a José. O Senhor ordenou ainda que ele cobrisse o cálice e dele cuidasse muito bem. Saiba também, meu rei, que esse cálice enviado por Deus representa a comunhão dos bons e dos maus, e que os bons que tiveram acesso a essa távola conseguiram realizar todos os seus desejos. Contudo, um lugar à essa távola continuava sempre vazio, e representava o Judas que traiu Nosso Senhor e que se sentou junto com os apóstolos para a Santa Ceia. E quando Nosso Senhor disse: 'Em verdade vos digo que um de vós irá me trair; aquele que colocar a mão na travessa comigo, esse irá me trair', Judas levantou-se da mesa envergonhado e saiu. E o lugar à mesa permaneceu vazio até que Cristo permitiu que um outro, Matias, nele se sentasse. Assim, também um lugar à távola de José de Arimatéia teve que continuar vazio.

Essa távola foi muito honrada por todos os que junto a ela se sentaram, e foi por eles chamada de Graal. Seguindo o modelo dessa távola, foi construída uma outra, semelhante a ela. Se você quiser seguir meu conselho, meu rei, construa a terceira em nome da Santíssima Trindade. Quero ajudá-lo nessa obra. Será uma obra pela qual você obterá a graça de Deus, bem como todos aqueles que você permitir que tomem um lugar junto a ela. Contudo, aquele cálice, junto com seus protetores, migrou em direção ao Ocidente e agora nem mesmo os protetores do cálice sabem onde ele foi parar. Eles o acompanharam só até aquela região. Você deve fazer o que lhe digo, e um dia se alegrará de tê-lo feito."

Uterpendragon replicou: "É com alegria que farei o que você me aconselha, pois suas palavras são sábias. Não me encontro, porém, em condições de realizar tal obra; a você, Merlin, incumbo de realizá-la. Tome em meu nome todas as providências necessárias." — "E onde você ordena que seja colocada essa távola?", perguntou Merlin. "Onde você preferir e onde o Senhor Deus quiser que ela seja construída." — "Então quero que ela fique em Kardueil (Carduel), em Gales. Reúna lá todo o seu povo e toda a sua corte para a festa de Pentecostes. Eu irei na frente para providenciar a construção da távola. Forneça-me alguns homens para que eles façam o que eu lhes disser; e, se for seu desejo, eu mesmo indicarei os lugares à mesa àqueles que junto a ela irão sentar-se."

Na festa de Pentecostes, quando o rei e todos os seus barões, as damas da nobreza e as jovens de seu reino foram para Kardueil, encontraram pronta a távola feita por Merlin. O rei foi muito hospitaleiro com toda a sua corte, nobres, cavaleiros e todo o povo, e então perguntou a Merlin quem deveria sentar-se àquela távola. "Amanhã", respondeu Merlin, "escolherei cinqüenta cavaleiros, que junto a ela deverão sentar-se; eles nunca mais desejarão retornar a suas terras ou a sua casa."

No dia seguinte foram escolhidos cinqüenta cavaleiros. Merlin pediu-lhes que se sentassem à mesa, comessem, bebessem e se divertissem, um pedido a que eles atenderam com todo o prazer. Um lugar ficou vago, e ninguém, a não ser Merlin, sabia o motivo. Depois de terem se sentado por oito dias junto à távola, de terem comido e bebido com alegria e boa vontade, e depois de o rei ter dado a todos os nobres embaixadores e a todas as jovens e senhores ricos presentes, ele perguntou aos honrados cavaleiros da távola como eles se sentiam. "Majestade", responderam eles, "nunca mais poderemos deixar este lugar, e esta távola jamais deverá ficar sem pelo menos três de nós. Queremos mandar chamar nossas esposas e nossos filhos, e viver aqui segundo a vontade do Senhor." — "É este o desejo de todos vocês?", perguntou o rei. Todos confirmaram. "Todos estamos muito admirados", acrescentaram os cavaleiros, "por isso ter acontecido. Nunca havíamos nos visto antes, não nos conhecíamos, e agora nos amamos uns aos outros, como se amam pai e filhos. Permaneceremos unidos, e só a morte poderá nos separar."

O rei e todos os presentes que ouviram aquelas palavras ficaram muito admirados com aquele milagre. O rei ordenou então que eles recebessem todas as honrarias e que todos a eles obedecessem e servissem como se o fizessem ao próprio rei.

"Mais uma vez você me disse a verdade", disse o rei a Merlin, "e agora vejo com clareza que era a vontade de Deus que esta távola fosse construída. Agora peço-lhe que me diga quem irá ocupar o lugar vazio." — "Digo-lhe que enquanto você viver esse lugar não será ocupado", replicou Merlin, "pois ainda não nasceu aquele que deverá fazê-lo. Ele será ocupado durante o reinado daquele que o suceder; e quem o gerar não saberá que o fez. Peço-lhe ainda, que, enquanto viver, você celebre todas as suas grandes festas neste lugar, e que três vezes por ano reúna aqui toda a sua corte."

Depois de o rei ter feito o juramento, Merlin disse: "Agora preciso deixá-lo, e por muito tempo você não voltará a me ver." — "E por que você vai embora?", perguntou o rei. "Para onde vai? Você não estará aqui sempre que eu reunir minha corte?" — "Não, eu não estarei presente, pois quero que as pessoas acreditem naquilo que verão, e não acabar eu mesmo arranjando as coisas do modo como devem acontecer."

Merlin despediu-se do rei e foi ter com mestre Blasius, em Nortúmbria, a quem contou tudo o que havia acontecido, sendo esse relato registrado pelo mestre neste livro. Merlin permaneceu com mestre Blasius durante dois anos, sem que Uterpendragon tivesse qualquer notícia dele.

XXI

Como um cavaleiro mal-intencionado quer ocupar o lugar vago, e do que acontece com ele

Um dia, estando o rei e sua corte reunidos em Kardueil, e estando os cavaleiros sentados à Távola, apresentou-se ao rei um dos grandes do reino, que no seu íntimo queria mal a Merlin. "Majestade", começou ele, "não posso deixar de me surpreender com o fato de o senhor não permitir que se ocupe este lugar vago à mesa, para que ela fique completa." — "Merlin me disse", respondeu o rei, "que esse lugar não seria ocupado enquanto eu vivesse, e que ainda está para nascer aquele que deverá ocupá-lo." Aquele homem, falso e traiçoeiro, começou então a rir e retrucou: "Majestade, acredita mesmo que depois do senhor outro haverá que lhe seja superior?" — "Não sei", respondeu o rei, "mas foi isso o que Merlin me disse." — "Majestade, ninguém pode ter mais valor do que realmente possui. Vossa Majestade é ousado o suficiente para tentar." — "Não, seguramente eu nunca vou tentá-lo, pois temo que isso enfureça Merlin." — "Majestade, se o senhor diz que Merlin tudo sabe, na certa ele também sabe o que estamos falando dele agora, e então virá, se é que ainda vive, para a próxima festa. Se ele não vier, porém, peço a Vossa Majestade permissão para ocupar esse lugar. Quero convencê-lo de que é mentira o que Merlin previu. Vossa Majestade então verá que posso ocupar esse lugar tão bem quanto qualquer outro." — "Eu lhe daria permissão, e com todo o prazer, não me fosse tão constrangedor irritar Merlin." — "Se Merlin ainda vive, certamente virá antes mesmo que eu tente fazê-lo; mas, se ele não vier, peço-lhe que me conceda sua permissão." O rei concedeu-lhe permissão, e o cavaleiro achou que tinha conseguido um grande feito.

Chegada a festa de Pentecostes, o rei transferiu-se novamente com toda a nobreza, os cavaleiros e todo o povo para Kardueil. Merlin sabia muito bem o que estava acontecendo, e disse-o a mestre Blasius: "Não vou à festa da corte. Vou deixar que eles tentem fazer o que estão querendo, para que eles mesmos percebam a importância e a dignidade daquele lugar vago e de minhas palavras. Eles não acreditam no que não vêem, e se eu for eles dirão que eu atrapalhei tudo e que sou o culpado pelo que vai acontecer. Quinze dias depois da festa de Pentecostes, porém, quero ir até o rei."

O cavaleiro que queria tentar ocupar o lugar vago espalhou o boato de que Merlin tinha morrido, de que um camponês o havia matado na floresta, confundindo-o com um selvagem. O rei acabou acreditando no boato, porque Merlin já estava ausente há um bom tempo. Os outros também o tomaram por morto, pois de outro modo não seria possível colocar em prática o teste.

Os cinqüenta cavaleiros estavam sentados à Távola na presença de um número enorme de príncipes, senhores, senhoras e jovens, quando chegou o cavaleiro que queria sentar-se no lugar vago. Atrevido que era, foi logo dizendo: "Senhores, venho para fazer-lhes companhia!" Os cavaleiros que estavam sentados à Távola não responderam, limitando-se, calados, a baixar os olhos numa atitude de humildade. Também o rei nada disse ao homem, embora todos estivessem ansiosos para ver o que aconteceria. O cavaleiro sentou-se e esticou ambas as pernas sob a mesa. Nesse momento, afundou na terra como um pedaço de ferro que cai na água e não mais retorna à superfície. Atônitos, o rei e todo o povo presenciaram esse milagre! Procurou-se em cada pedacinho do chão sob a mesa, mas não se encontrou um vestígio que fosse nem do cavaleiro nem daquilo que provocou seu desaparecimento. A corte e todo o povo ficaram com muito medo; o rei, particularmente, estava muito triste por ter consentido em que se realizasse tal prova e de ter-se deixado levar por ela, já que Merlin lhe havia dito que ainda não tinha nascido o que estava destinado a ocupar aquele lugar.

No décimo quinto dia depois do Pentecostes, Merlin veio até a corte, e o rei foi ao seu encontro. Merlin repreendeu-o pelo que ele tinha permitido que acontecesse. "Ele me enganou", replicou o rei. "É o que acontece com muitas pessoas", respondeu Merlin. "Pensam enganar os outros e acabam enganando a si próprias. Agora você percebe que foi enganado porque viu. Por que você acreditou nele? Por isso foi castigado, e o mereceu. Procure não fazer mais essas experiências, ou permitir que elas sejam feitas, pois posso garantir-lhe que delas hão de advir muitos males. Esse lugar à mesa é muito importante; é um lugar de honra e um bem supremo para todo o reino."

Depois, o rei perguntou-lhe se ele não podia dizer-lhe o que tinha acontecido ao cavaleiro, ou para onde ele tinha sido levado. "Não se preocupe com isso", respondeu Merlin. "Isso não lhe diz respeito e essa informação não irá beneficiá-lo em nada. Preocupe-se apenas em exaltar e honrar aqueles que estão sentados à Távola, bem como em lá comemorar as quatro festas anuais, e em manter tudo como lhe recomendei, não alterando nada." O rei prometeu-lhe que daquele dia em diante tudo seria mantido como estava, até o dia de sua morte. Depois Merlin despediu-se novamente e voltou à casa de mestre Blasius.

XXII

Como Uterpendragon se apaixona por Yguerne e lhe manda de presente um cálice, por intermédio do marido dela

O rei mandou construir um grande número de belas casas ao redor de Kardueil e em seguida tornou público em todo o reino que toda a corte sempre se reuniria em Kardueil para comemorar as quatro festas do ano: Natal, Páscoa, Pentecostes e Todos os Santos. Por ocasião dessas festas, todos deveriam estar lá e, por amor ao rei, cada barão e cada senhor deveria trazer sua esposa e as jovens solteiras até Kardueil, onde o rei sempre os receberia com uma festa.

Na festa de Natal seguinte vieram então as esposas, as senhoras e as jovens solteiras com seus cavaleiros e barões. Quem não trazia sua esposa não era bem visto; assim, os que não eram casados traziam a amante. No dia da festa chegaram tantos casais, que não se podia dizer quantos eram. Aqui falaremos apenas dos que mais se destacaram. Era o caso, por exemplo, do duque von Tintayol (Tintagel) e de sua esposa, Yguerne (Igerne). Depois da Imaculada Virgem Maria, nenhuma outra cristã era mais bela e mais encantadora do que Yguerne. Quando o rei a viu pela primeira vez, ficou tão arrebatado por sua beleza que perdeu a fala. A dama percebeu-o muito bem, mas fingiu não ter entendido nada. Notando, porém, que o rei sempre a olhava e que seus olhos não se desviavam dela, Yguerne retraiu-se e passou a evitar a presença do rei, pois era uma dama muito virtuosa e honrada, que cuidava para não macular a honra do marido, e lhe era muito fiel. O rei mandou oferecer a todas as damas lindos presentes e ricas jóias, e o fez por causa de Yguerne, para dar-lhe um sinal de que ela não deveria recusá-lo, pois todas as damas haviam recebido dele um presente. A ela deu uma jóia que sabia perfeitamente ser seu desejo possuí-la. Yguerne teve que aceitá-la, embora tivesse compreendido muito bem que todos aqueles presentes só estavam sendo oferecidos por sua causa. Não deixou, porém, que ninguém percebesse isso. Passada a festa de Natal e chegado o momento em que a corte novamente deveria partir de Kardueil, o rei pediu a seus barões e príncipes que para a próxima festa trouxessem de novo suas esposas, algo com que todos concordaram. Ele estava tão perdidamente apaixonado por Yguerne, que mal podia controlar-se. Quando Yguerne foi despedir-se dele em companhia do marido, o duque de Tintayol, o rei ofereceu-lhes escolta e prestou a ambos muitas honrarias. Aproveitou um momento de distração dos outros e confidenciou a ela o seguinte: "Senhora Yguerne, leve consigo meu coração, e eu terei o seu comigo!" Mas Yguerne fez como se não tivesse ouvido o que ele lhe dissera e, sem responder, voltou com seu marido para as terras do duque.

Uma dor enorme se abateu sobre o rei, até que se aproximou a festa da Páscoa, quando todos tiveram que reunir-se novamente em Kardueil e ele pôde vê-la novamente. Só Deus sabe como foi enorme a felicidade que ele sentiu! O rei fez com que ela e seu marido, o duque, viessem comer a sua mesa, e sentou-se no meio dos dois; mas, por mais que sussurrasse a ela palavras doces e lhe jurasse seu amor, ela nunca lhe dava resposta, embora entendesse perfeitamente cada uma de suas palavras. Ao final da festa, viajou novamente em companhia do marido.

Finalmente, não podendo mais suportar a dor de amor que lhe oprimia o peito, o rei acabou por confessá-la a dois de seus favoritos. Pediu-lhes conselho acerca de como proceder para agradar Yguerne e manifestar-lhe seu amor, de outra forma enlouqueceria de tanto sofrer. Os dois aconselharam o rei a dar uma grande festa em Kardueil, à qual seria solicitado o comparecimento de todos, pois seria uma grande festa e o rei usaria sua coroa e se sentaria no trono. Além disso, todos os participantes deveriam providenciar o necessário para uma permanência de um mês ou seis semanas, pois a festa teria essa duração: "Dessa forma, Vossa Majestade terá a oportunidade de estar com sua bela Yguerne pelo tempo que deseja." O conselho agradou tanto ao rei que ele resolveu segui-lo. No dia marcado todos estavam em Kardueil, vindo todos os senhores acompanhados de suas esposas e de comitivas, inclusive o duque von Tintayol e sua esposa Yguerne. Com isso, o rei sentiu o coração aliviado, voltou a ficar contente, comeu e bebeu. Passados alguns dias, ele se entristeceu novamente e disse a um de seus confidentes, cujo nome era Ulsius: "O amor está me matando. Estou morrendo por causa de Yguerne. De nada me vale viver, se ela não me olhar. E se ela não me ouvir vou acabar morrendo." — "Majestade", replicou Ulsius, "por acaso o senhor está pensando em abandonar essa vida por causa de uma mulher? Não me consta que uma mulher recuse presentes; sou apenas um mísero nobre, mas não creio que se tenha que morrer por amor a uma mulher. E o senhor, um rei tão poderoso, como pode seu coração estar tão desalentado a ponto de impedi-lo de disputar uma dama?" — "Você tem toda a razão", disse o rei. "Você sabe melhor do que eu como devo proceder. Peço-lhe que me ajude e faça em meu lugar tudo o que se deve fazer. Retire de meu tesouro tudo o que quiser para dar de presente a ela; presenteie também todas as pessoas que lhe estiverem próximas; procure deixar todos satisfeitos. Consiga-me apenas uma oportunidade de falar com ela." — "Eu o farei", disse Ulsius.

A festa da corte já durava oito dias. Eram dias muito alegres e muito divertidos. O duque de Tintayol era chamado constantemente à presença do rei, e este lhe dava, e a todos os de seu séquito, ricos presentes. Nesse meio tempo, Ulsius procurava falar com Yguerne; tentava lisonjeá-la com doces palavras de amor e trazia-lhe presentes, cada um mais rico e mais bonito que o outro. Ela, porém, recusava tudo, não aceitando nenhum.

Um dia, depois de ele a ter importunado mais do que de costume e de ter-lhe oferecido uma jóia extremamente valiosa, ela chamou-o em particular e lhe disse: "Ulsius, com que intenção você me oferece todas essas valiosas jóias?" — "Minha senhora, faço-o por sua incrível beleza e por todas as suas enormes virtudes! Saiba que é sua toda a riqueza do reino, e que todos estão prontos para obedecer as suas ordens!" — "E por que tudo isso?" — "Porque a senhora possui o coração daquele a quem este reino pertence, o coração do rei." — "Então o coração do rei é falso e traiçoeiro, pois demonstra respeito e amizade a meu senhor e esposo, enquanto trama prejudicar-me e desonrar-me! Previno-o de uma coisa, Ulsius: se você tem amor à vida, nunca mais me diga uma palavra sequer sobre esse assunto, do contrário serei obrigada a levar tudo ao conhecimento do duque, meu esposo. Você verá que se ele vier a saber disso não vai poupar sua vida. Saiba, portanto, que esta é a última vez em que vou ocultar dele esse assunto."

"Eu morreria pelo rei", replicou Ulsius, "o que para mim seria motivo de grande honra. Tenha piedade do rei, senhora Yguerne. Por que a senhora lhe recusa a amizade, ele que a ama mais que a sua própria vida? Seja razoável, ou ele morrerá de amor pela senhora." — "Você está zombando de mim, Ulsius." — "Pelo amor de Deus! Tenha compaixão do rei e de si própria, pois, se a senhora não lhe demonstrar amizade, estará atraindo para si própria muita infelicidade pelo que disto advir, pois nem a senhora nem seu esposo podem opor-se à vontade dele." — "É com muito prazer que eu me afastaria dele", respondeu Yguerne chorando copiosamente, "pois uma vez terminada esta festa, nunca mais quero estar na corte do rei, nem em sua presença. Ele pode ordenar o que quiser, que eu jamais voltarei."

Com essas palavras, afastou-se. Ulsius foi ter com o rei e repetiu-lhe todas as palavras que ouvira dela. "Eu sabia muito bem", disse o rei, "que ela responderia isso a você, pois é o que convém a uma mulher virtuosa e honesta. Contudo, Ulsius, não pare por aí. Continue levando a ela meus pedidos, pois não se conquista uma dama assim tão facilmente." Certo dia, o rei estava sentado à mesa ao lado do duque de Tintayol; na frente do rei havia um rico cálice de ouro, do qual ele bebia. Ulsius aproximou-se, ajoelhou-se a seus pés e disse-lhe bem baixinho, para que o duque não ouvisse: "Majestade, peça ao duque que, por amor ao senhor, beba do cálice, e depois o leve a sua esposa para que ela também possa beber dele em sua homenagem e o guarde consigo." O rei tomou o cálice, bebeu à saúde do duque, passou-o depois a ele e lhe disse: "Senhor duque, beba à saúde de sua esposa, a senhora Yguerne, e depois queira oferecer-lhe este cálice, por amor a mim." — "Agradeço-lhe, Majestade", respondeu o duque, que nada de mal via naquele pedido. "Ela o aceitará com prazer." Depois chamou um de seus cavaleiros preferidos e entregou-lhe o cálice, dizendo que ele o levasse até sua esposa, Yguerne, e que dissesse a ela que o rei mandava-lhe o cálice para que ela, por amor a ele, dele bebesse. Ao ouvir essas palavras, Yguerne enrubesceu de vergonha, mas não pôde recusar o cálice, pois seu marido tinha bebido dele a sua saúde. Ela bebeu do cálice e quando quis mandá-lo de volta, o duque disse: "Senhora Yguerne, é desejo do rei que a senhora fique com ele." Ela teve, portanto, que aceitar o presente. O cavaleiro retornou e cumprimentou o rei em nome dela, embora ela não o tivesse incumbido de cumprimentar o rei em seu nome. Depois da ceia, o rei disse a Ulsius: "Vá até o aposento da senhora Yguerne e ouça o que ela está dizendo." Ulsius encontrou-a

triste e pensativa e, quando o viu chegar, dirigiu-se a ele com estas palavras: "Seu rei mandou-me de modo traiçoeiro seu cálice e eu fui obrigada a aceitá-lo; mas ele não vai tirar nenhum proveito disso, pois para vergonha dele quero contar ao duque, meu esposo, de que modo traiçoeiro você e seu senhor estão me pressionando."
— "A senhora não será tão tola a ponto de contar-lhe isso", disse Ulsius. "Pois deveria ter uma morte vergonhosa", respondeu Yguerne, "aquela que se recusasse a fazê-lo."

Ulsius retirou-se. Quando o duque voltou à companhia da esposa, depois de ter ceado com o rei, encontrou-a chorando e entregue ao desespero. Assustou-se, tomou-a nos braços e, carinhosamente, perguntou-lhe o que estava acontecendo. "Eu preferiria estar morta", disse Yguerne chorando. "E por que isso, minha adorada esposa?" — "Porque o rei, por amor a mim, não pára de me armar ciladas com a ajuda de Ulsius. Ele disse que todas essas festas e reuniões da corte para as quais mandou convidar as damas do reino, foram organizadas só por minha causa, só para que eu viesse até ele e ele me pudesse ter sob seu poder. Mas prefiro morrer a ser-lhe infiel, meu esposo: pois amo-o, embora o senhor me tenha irritado ao obrigar-me a aceitar o cálice de ouro do rei. Até hoje eu tinha conseguido recusar todos os seus presentes; mas obedecendo a uma ordem sua, meu esposo, fui obrigada a aceitar o cálice, e isso tem amargurado minha vida. Isso não pode continuar assim, pois na certa vai acabar em desgraça. Por isso suplico-lhe, meu senhor e esposo, que me permita voltar a Tintayol, pois não consigo continuar aqui suportando tudo isso."

O duque espantou-se ao ouvir essas palavras da esposa, que amava sobre todas as coisas. Por muito tempo não conseguiu dizer uma palavra sequer, tamanha era sua ira e seu desgosto. Finalmente, depois de ter-se recobrado, mandou que todos os cavaleiros que estavam com ele na cidade viessem até sua presença. Estando todos reunidos, disse-lhes que deveriam preparar-se imediatamente e em surdina para segui-lo, pois ele pretendia viajar e ninguém na cidade deveria ficar sabendo de nada: "Deixem para trás bagagens e caixas; os criados poderão levá-las amanhã. Não peguem nada além de suas armas e sigam-me em silêncio." Em seguida mandou que atrelassem seu cavalo, montou, Yguerne sentou-se atrás dele e assim, junto com os seus, deixou a cidade em direção a Tintayol. Os cavaleiros seguiram-no, um a um, de sorte que naquela noite o rei não ficou sabendo que eles tinham partido.

XXIII

Como o rei se enfurece ao saber da partida do duque de Tintayol e exige um desagravo

Na manhã seguinte não se falava de outra coisa na cidade; por fim, o boato da fuga acabou chegando aos ouvidos do rei, o rei ficou irado como nunca quando soube que o duque tinha partido sem se despedir. O que o deixava mais doente de raiva, no entanto, era que o duque havia levado Yguerne consigo. Mandou reunir seus conselheiros e expôs-lhes o ato injusto do duque, que, tão repentinamente, sem motivo e sem se despedir, havia deixado a cidade daquele modo deplorável, enquanto ele, rei, sempre tinha sido tão seu amigo e tanto o honrara com presentes e belas jóias. Os conselheiros admiraram-se desse comportamento do duque, que lhes pareceu um ato insensato e imperdoável. Desconheciam, porém, os reais motivos dessa fuga; e como o rei, na frente dos outros, sempre lhe tinha demonstrado tanta amizade e respeito, os conselheiros acharam que o duque dificilmente poderia reparar esse erro, que configurava um crime de lesa-majestade.

Decidiram aconselhar o rei a mandar a Tintayol dois mensageiros, exigindo do duque um ato de desagravo pela desfeita que ele havia feito ao rei, ao abandonar a corte sem a permissão do rei e sem despedir-se dele. O rei exigiu também que ele retornasse à corte que tinha abandonado para implorar sua graça.

Ao mesmo tempo, o rei também estava satisfeito com tudo isso, e enviou dois valentes cavaleiros a Tintayol. Ao chegar à presença do duque, os dois cavaleiros notificaram-no do que tinham sido incumbidos pelo rei, e disseram-lhes que levasse uma vez mais sua esposa à presença do rei, na corte, pois esta tinha sido a ordem real; que ele, portanto, estava obrigado a voltar à corte de onde tinha saído sem se despedir. Nesse momento, o duque não pôde conter uma crise de cólera e disse aos enviados: "Não vou voltar com ninguém para a corte do rei, pois ele faltou ao respeito comigo e com os meus, de sorte que doravante não mais poderei respeitá-lo nem prestar-lhe obediência."

Como os mensageiros não obtivessem do duque outra resposta senão essa, deram meia-volta e voltaram para Kardueil. De sua parte, o duque mandou reunir todos os seus cavaleiros e seus conselheiros mais sábios, e contou-lhes que tinha sido vítima de traição por parte do rei e como ele tinha tentado prejudicá-lo. "Por essa razão", acrescentou, "parti repentinamente de Kardueil, sem me despedir dele. Agora, porém, ele manda me dizer que cometi um crime de lesa-majestade e que, portanto, tenho que retornar a sua corte para pedir-lhe desculpas; e tenho que voltar do mesmo modo como parti, ou seja, não posso deixar de levar minha esposa Yguerne." — "O senhor fez bem", disseram os cavaleiros e os conselheiros, "em não cumprir o que ele ordenou, pois é seu dever preservar sua honra. O rei fez mal em agir traiçoeiramente com um vassalo." — "Agora", continuou o duque, "pela minha honra, e pela de vocês, quero poder contar com sua ajuda e assistência contra o rei, se tiver início essa guerra e essa disputa comigo. Peço-lhes que me ajudem a defender minhas terras, e que me assistam em todas as minhas necessidades." Os cavaleiros e os conselheiros prometeram e juraram que o ajudariam e serviriam, ainda que isso lhes custasse a vida. O duque ficou-lhes muito grato.

Quando o rei ficou sabendo da notícia que lhe trouxeram os mensageiros ao retornarem, enfureceu-se e convocou todos os seus barões e príncipes para que o ajudassem a vingar-se do duque de Tintayol. Todos concordaram em ajudá-lo. E como era de praxe em casos de guerra, o rei mandou propor ao duque um acordo de paz e dizer-lhe que, caso ele não fizesse um ato de desagravo honroso a Sua Majestade, dentro de quarenta dias ele se preparasse para se defender, pois o rei lhe responderia com a força das armas. Ao receber essa notificação, o duque respondeu aos mensageiros que estava mesmo pensando em defender-se como pudesse. Em seguida, mandou comunicar a seus cavaleiros e guerreiros que se preparassem para defender suas terras. "Possuo apenas dois castelos fortificados", disse ele a seus cavaleiros, "que estão em condições de oferecer resistência ao rei. E esses dois ele não vai conseguir tomar enquanto eu for vivo. Minha esposa permanecerá aqui, em Tintayol, protegida por dez dos mais valentes e intrépidos cavaleiros, perfeitamente aptos a proteger o burgo. Eu e os restantes, porém, vamos nos transferir para o outro castelo."

XXIV

De um cerco prolongado, e do desgosto amoroso do rei

O rei investiu com seu exército sobre as terras do duque de Tintayol e tomou todas as cidades, povoados e burgos por onde passou, sem encontrar resistência. Ficou sabendo que Yguerne ficara em Tintayol, mas que o duque se transferira para um outro castelo para protegê-lo. O rei reuniu seu conselho e perguntou-lhe se seria melhor tomar primeiro Tintayol e só depois o outro castelo, ou se deveria primeiro sitiar o castelo em que estava o duque. Todos os seus conselheiros eram de opinião de que primeiro ele deveria sitiar o poderoso castelo em que estava o duque; quando ele o tivesse sob seu poder, todo o mais se resolveria automaticamente. Em vista dos motivos apresentados, o rei teve que ceder; cavalgou com seu exército em direção ao castelo fortificado e cercou o duque. Estando acampado na frente do castelo, chamou Ulsius e confidenciou-lhe: "O que vai ser de mim se eu não voltar a ver Yguerne?" — "Majestade," replicou Ulsius, "agora o senhor precisa ter paciência. Concentre-se em vencer o duque, e todos os seus desejos serão satisfeitos. O senhor teria revelado suas intenções mais secretas se tivesse se dirigido primeiro a Tintayol, sem antes cercar o duque. Portanto, procure controlar-se e seja otimista."

O cerco ao castelo fortificado transcorreu sob clima de grande tensão e de algum tumulto. O duque, porém, defendeu-se bravamente, de sorte que o cerco durou muito tempo, deixando o rei cada vez mais mal-humorado, pois ele se achava doente de saudades de Yguerne.

Um dia, estando muito triste em sua tenda, assaltou-lhe tamanha melancolia que ele começou a chorar copiosamente. Quando seus homens o viram chorando daquele jeito, afastaram-se assustados e deixaram-no a sós com Ulsius. "Por que o meu rei está chorando?", perguntou Ulsius compadecido. "Ai de mim! Ulsius", disse o rei, "estou morrendo de saudade de Yguerne! Tenho certeza de que vou morrer, pois já perdi a vontade de comer e de beber, e nem à noite encontro paz, pois me foge o sono. Não vejo nenhuma possibilidade de cura!" — "Coragem, meu rei, o senhor certamente não vai morrer de amor por uma mulher! Se pelo menos o senhor tivesse Merlin a seu lado!", prosseguiu ele. "Mande procurá-lo. Talvez ele possa dar-lhe um bom conselho." — "Estou certo de que Merlin sabe que estou sofrendo", disse o rei, "mas eu despertei sua ira ao tentar preencher aquele lugar vago à mesa, e agora ele não me manda uma notícia sequer. Acredito também que ele acha que fiz mal em deixar que meu amor por Yguerne me incendiasse por dentro, pois eu não deveria cobiçar a esposa de um vassalo, de um súdito. Isso é pecado, eu o sei muito bem. Apesar de tudo, não consigo deixar de cobiçá-la. Que culpa tenho eu de sentir o que sinto?"

"Tenho certeza", disse Ulsius, "de que Merlin o ama tanto que não vai permanecer afastado do senhor quando souber de seu sofrimento e de sua dor, mas virá imediatamente e lhe trará consolo. Coragem, meu rei. Tenha paciência, alegre-se um pouco, procure fortalecer-se e alimente-se bem. Deixe que seus barões lhe façam companhia e procure passar o tempo se divertindo com eles, para esquecer um pouco seu sofrimento." — "Farei o que você me aconselha", disse o rei, "mas não vou conseguir esquecer meu amor, nem meu sofrimento."

XXV

Como Uterpendragon, Ulsius e Merlin se transformaram, enganando assim a duquesa. Como o rei Artur é gerado, exigindo Merlin a posse do recém-nascido

Alguns dias depois, voltando da missa para sua tenda, o rei encontrou Merlin em pessoa. Mal pôde conter sua alegria ao vê-lo e, de braços abertos, correu até ele, abraçou-o e beijou-o. "Merlin", disse, "não vou dizer-lhe nada sobre o que está acontecendo comigo; você o sabe melhor do que eu próprio. Peço-lhe, pelo amor de Deus, que me ajude a me livrar do sofrimento que atormenta meu coração, e que você conhece tão bem." — "Primeiro mande chamar Ulsius", disse Merlin, "depois eu lhe direi o que fazer." Ulsius foi imediatamente chamado. Quando chegou, e o rei lhe disse: "Veja, Merlin está aqui!", Ulsius ficou muito satisfeito, cumprimentou Merlin e disse ao rei: "Agora o senhor não precisa mais chorar, pois certamente Merlin lhe trará consolo e ajuda." — "Ah!", disse o rei, "se ele me conseguisse a graça de Yguerne, eu faria por ele tudo o que estivesse ao meu alcance." — "Se você ousa me prometer o que está prometendo", disse Merlin, "então vou tentar conseguir que você passe uma noite com Yguerne, no quarto e na cama dela".

Ulsius riu quando ouviu essas palavras, e completou: "Agora veremos o quanto vale o coração de um rei." — "Peça o que quiser", disse o rei, "não há nada que eu não faça em troca disso. Pode pedir!" — "Só preciso ter certeza", replicou Merlin, "e para isso você e Ulsius terão que me jurar, sobre o Santo Relicário, que receberei o que pedir a você na manhã seguinte à noite que você passar com Yguerne. Você está disposto a fazer um juramento junto com o rei, Ulsius?" — "Não vejo a hora de fazê-lo", replicou este. O rei pediu então que trouxesse o Santo Relicário. Ele e Ulsius colocaram as mãos sobre ele e juraram que o rei daria a Merlin o que ele exigisse, na manhã seguinte à noite em que o rei dormisse com Yguerne.

Depois, Merlin revelou-lhes como pretendia fazer com que o rei fosse aceito por Yguerne. "Você", disse Merlin ao rei, "tem que agir com muita sabedoria e inteligência, pois Yguerne é uma dama muito virtuosa e honesta, sempre fiel a Deus e a seu esposo. Contudo, usando de meus poderes, vou dar a você a forma do duque, para que ela o tome por ele. O duque também possui dois cavaleiros, amigos de confiança dele próprio e de Yguerne. Eles se chamam Bretiaux e Jourdains. Vou assumir a forma do primeiro, e você, Ulsius, assumirá a forma de Jourdains. Ao cair da noite, cavalgaremos assim transmudados até Tintayol; os guardas não vão impedir nossa passagem, pois nos tomarão pelo duque e seus cavaleiros. Só que pela manhã bem cedo teremos que deixar o castelo, pois ouviremos coisas fantásticas. Enquanto isso, ordene que seu acampamento seja bem guardado, e que nenhum de seus homens diga a ninguém para onde você foi. Não se esqueça de nada do que estou lhe dizendo, e estejam prontos amanhã cedo quando eu vier buscá-los."

O rei esperou por Merlin com grande impaciência. Finalmente Merlin chegou e disse: "Está tudo pronto. Aos cavalos!" Cavalgaram até aproximadamente meia milha de Tintayol. "Aqui temos que parar um pouco", disse Merlin. "Desçam de seus cavalos e esperem por mim aqui." Os dois desmontaram. Merlin afastou-se um pouco de ambos, colheu algumas ervas, esfregou-as no rosto e nas mãos do rei, depois em Ulsius e por fim em si mesmo. Imediatamente os três se transformaram. O rei ficou tão parecido com o duque de Tintayol como Merlin e Ulsius ficaram parecidos respectivamente com Betriaux e Jourdains, a tal ponto que os três se olharam e passaram mesmo a acreditar que eram aquelas pessoas. Ao cair da noite, chegaram ao castelo de Tintayol; não tiveram qualquer dificuldade para entrar, e ordenaram aos vigias que não revelassem a ninguém que o duque de Tintayol estava lá. A duquesa já estava deitada quando os três entraram no quarto. Os cavaleiros ajudaram o duque a despir-se e a deitar-se na cama ao lado de Yguerne. Depois retiraram-se. Nessa noite ela gerou um filho, que mais tarde seria chamado de rei Artur. O rei experimentou momentos de grande felicidade e amor durante toda a noite ao lado de Yguerne, pois ela o abraçava e respondia aos seus carinhos com uma afeição sincera, como se estivesse abraçando seu marido, a quem sempre fora fiel.

Ao romper do dia, Merlin e Ulsius, que já tinham se levantado, ouviram na cidade o boato de que o duque tinha sido morto e de que seu senescal fora capturado. Na mesma hora correram até o quarto de seu senhor e gritaram: "Senhor duque, levante-se e dirija-se a seu outro castelo, pois corre o boato de que seus homens o dão por morto." O senhor dos dois cavaleiros levantou-se imediatamente, despediu-se carinhosamente de Yguerne, encomendou-a à proteção do Senhor, beijou-a, e saiu do castelo a galope, acompanhado de seus dois cavaleiros. Assim, ninguém no castelo ficou sabendo que o duque passara a noite com sua esposa, exceto suas criadas de quarto e os vigias do portão.

Depois de terem conseguido sair em segurança, ficaram muito contentes por seus planos terem dado certo. Conversavam animadamente, quando Merlin disse ao rei: "Acho que mantive minha palavra, e agora peço que você mantenha o juramento que me fez." — "Você me propiciou mais alegria", respondeu o rei, "e me prestou um serviço maior do que qualquer pessoa poderia prestar a outra. Estou pronto a manter minha promessa. Diga o que você quer." — "Saiba", disse Merlin, "que nesta noite Yguerne ficou grávida de uma criança do sexo masculino. Quero que você me entregue essa criança."

O rei ficou desesperado, mas não podia voltar atrás em sua palavra. "Fiz o juramento de lhe entregar o que você exigisse. Que a criança seja entregue aos seus cuidados."

XXVI

O que Ulsius e Merlin aconselham ao rei, e como Merlin se despede

Depois disso, os três lavaram-se num rio, pelo qual tinham que passar, e assumiram de novo sua forma própria. Quando chegaram ao acampamento, todos vieram contar-lhes que o duque havia sido morto. O rei ficou muito triste com essa notícia, pois não havia desejado a morte do duque. "E como foi que aconteceu?", perguntou a seus homens. Ficou sabendo então que o duque, percebendo que o rei não se encontrava no local, mandara que seus homens se armassem em silêncio durante a noite, e atacara de surpresa o acampamento. Os homens que estavam acampados, acordando com o barulho, armaram-se rapidamente, contra-atacaram, e forçaram os atacantes a voltar para seu castelo. Segundo o relato, quando os homens do rei quiseram forçar a entrada pelos portões do castelo, misturados aos inimigos, o duque foi dominado e morto pelo pessoal da infantaria, que não o conhecia. Ao saber da morte de seu senhor, aqueles que estavam dentro do castelo renderam-se e entregaram o castelo.

O rei reuniu seus conselheiros, expôs-lhes o problema, e pediu-lhes orientação sobre como reparar a morte do duque, pois estava muito triste com esse lamentável incidente. Ele não odiava o duque, nem havia desejado sua morte. "Por isso", disse, "quero que me aconselhem sobre a melhor maneira de indenizar seus parentes."

Ulsius se achava entre os conselheiros do rei e, solicitado a manifestar-se em primeiro lugar, disse: "O melhor conselho que posso dar ao rei e ao reino é que Sua Majestade mande dizer a todos os parentes e amigos da duquesa Yguerne que se reunam em Tintayol, ali discutam seu problema, e depois, todos juntos, dirijam-se a Kardueil, onde o rei procederá à indenização necessária e restabelecerá com eles relações de paz."

Os conselheiros do rei ouviram a opinião de Ulsius e concluíram ser ela a mais acertada, pois Ulsius era amigo e confidente do rei e sabia melhor do que ninguém o que soaria melhor aos seus ouvidos. Também prometeram a Ulsius nada dizer sobre o fato de aquele conselho ter partido só dele, mas afirmar que fora fruto de uma decisão conjunta. Enquanto o conselho reunido discutia, Merlin foi até a tenda do rei e lhe disse: "As palavras e os pensamentos de Ulsius sobre o problema que o aflige são boas e sábias. E por ele se mostrar tão fiel a você, você deve confiar nele com toda a segurança, e fazer exatamente o que ele pedir, pois é para o seu bem, e tudo vai acabar bem se você seguir o conselho. Ouça, portanto, o fiel e sensato Ulsius. Agora preciso me despedir de você. Depois que Yguerne, que em breve será sua esposa, der à luz o menino que concebeu de você, eu virei para buscá-lo, pois você sabe que ele é meu, conforme você me jurou. Nessa ocasião, também não falarei com você, mas apenas com Ulsius, a quem explicarei como ele deve me entregar a criança." O rei estava muito triste com o fato de Merlin ter que ir embora, mas voltou a se alegrar quando Merlin lhe assegurou que ele podia confiar em Ulsius; e quando ouviu que Yguerne seria sua esposa, seu coração quase transbordou de felicidade.

"Contudo", acrescentou Merlin, "pelo próprio bem de Yguerne, cuide para que ela jamais descubra que o filho que ela carrega no ventre não é de seu marido, o duque, mas seu, e de que você dormiu com ela antes de desposá-la. Ela é muito virtuosa e devota, e se você a envergonhar dessa maneira, perderá para sempre seu amor." Em seguida, Merlin despediu-se do rei e foi ter com mestre Blasius, a quem pediu que escrevesse tudo o que lemos aqui.

XXVII

Como o rei, com palavras hábeis, consegue desposar a viúva Yguerne, sendo ainda elogiado por isso

Os mensageiros do rei foram até Tintayol, onde encontraram Yguerne reunida com todos os seus parentes e amigos. Cumprimentaram a duquesa, quando foram levados à presença dela, e disseram-lhe que o duque tinha sido morto por sua própria culpa e pela afronta que havia feito ao rei.

"O rei", disseram, "está muito triste com a morte do duque, e está disposto a restabelecer relações de paz com a senhora, nos termos que a senhora determinar. Está disposto a indenizar a senhora e seus amigos, bem como os parentes do duque, naquilo que os senhores exigirem." — "Queremos nos reunir para discutir o assunto", responderam a dama e seus parentes aos mensageiros.

Depois de se reunirem e trocarem opiniões, os parentes de Yguerne lhe disseram que, na opinião deles, deveriam restabelecer relações de paz com o rei. "Visto que o próprio duque foi culpado de sua morte", disseram, "o rei nada pode fazer e está sofrendo por isso. Reconheçamos também que diante dele somos fracos, e não poderemos nos defender contra o ataque de suas forças. Achamos por bem, portanto, aceitar sua proposta. Talvez não nos reste outra saída senão aceitá-la. Dos males o menor." A dama deu a seus amigos uma procuração de

121

plenos poderes para que eles fizessem tudo o que achassem conveniente, aprovando de antemão tudo o que viessem a decidir.

Os mensageiros foram novamente chamados à presença de Yguerne e indagados sobre o tipo de indenização que o rei estava disposto a oferecer-lhes. "Não conhecemos em maiores detalhes a vontade do rei", responderam eles. "Sabemos apenas que nesse assunto ele decidiu proceder exatamente segundo o conselho e a vontade de seus barões e de seus conselheiros." Depois combinaram que dentro de quinze dias a duquesa e todos os seus parentes e amigos deveriam ir a Kardueil, para o que o rei lhes enviaria uma escolta de segurança. Ficou acertado também que se o que o rei oferecesse como indenização não fosse considerado conveniente pela duquesa e pelos seus, que o rei teria de, as suas próprias expensas, enviá-los de volta a Tintayol. Estando tudo acertado, os mensageiros despediram-se da duquesa e dos demais, e retornaram à presença do rei, em Kardueil. Ele estava muito curioso para saber que resposta seus mensageiros traziam da dama, e mal pôde conter-se de alegria ao saber que eles estavam dispostos a vir até Kardueil.

Quatorze dias depois, o rei enviou uma escolta de segurança a Yguerne, que chegou a Kardueil, junto com todos os seus amigos e parentes, mergulhada em profunda tristeza. Imediatamente o rei enviou à presença deles todos os seus conselheiros, para perguntar-lhes, em nome do rei, que indenização exigiam pela morte do duque. Os conselheiros da dama responderam: "A duquesa não veio até aqui para exigir nada, mas para ouvir o que o rei deseja fazer por ela." Por essa resposta, o rei considerou os conselheiros da duquesa muito sensatos. Ulsius reuniu-se então com os barões e os senhores, para aconselhar-se com eles, pois o rei dera-lhes plenos poderes para agir e decidir segundo o que julgassem melhor para eles e para o reino e seus vassalos. "Farei o que o senhor me pede", disse Ulsius ao rei, ao se despedir dele. "Contudo, meu rei, não se esqueça de que um príncipe não pode pretender ser bom para com todo o seu povo, nem esperar que todos o considerem humilde o suficiente."

Ulsius e os demais conselheiros foram imediatamente ter com Yguerne e apresentaram-se como aqueles a quem o rei dera plenos poderes para decidir sobre o assunto. Perguntaram-lhe se ela estava de acordo com isso, e se estava disposta a sujeitar-se ao que eles decidissem. Yguerne respondeu-lhes que o rei não lhe poderia oferecer nada melhor do que aquilo que havia incumbido seus barões de decidir por ele. Em seguida, os mensageiros do rei se retiraram e se reuniram para tomar uma decisão final sobre o assunto.

Depois de terem discutido entre si o que seria melhor fazer, todos decidiram pedir a Ulsius que fosse o primeiro a expor sua opinião. "Vocês sabem muito bem", começou Ulsius, "que o duque morreu por culpa do rei e que ele absolutamente não merecia essa morte. A esposa do duque ficou responsável pela criação de seus filhos, e o rei devastou suas terras com a guerra. Com a morte do duque, seus amigos e parentes também sofreram grandes perdas; portanto, por uma questão de justiça e de direito, penso que todos, de acordo com a posição que ocupam, devam ser indenizados naquilo que perderam, para que continuem assegurados seu amor e sua lealdade ao rei. Por outro lado, o rei é solteiro e já é hora de ele escolher uma esposa. Como Yguerne, como todos vocês sabem, é uma das mulheres mais virtuosas do mundo, creio que o rei não encontraria forma mais inteligente de indenização do que escolhê-la para esposa. Penso que, assim procedendo, ele faria um grande bem ao reino, a todos vocês, e também ao povo, que achará louvável essa forma de indenização. Aconselho também que ele entregue como esposa a filha mais velha do duque ao rei de Orcanien, aqui presente, e que com todos os demais proceda de forma tal que eles continuem confiando seu amor e sua lealdade a seu clemente e dadivoso rei."

Conta a história que, depois de ter assim dado sua opinião, Ulsius convidou os demais conselheiros a externarem suas posições. "Ulsius", responderam eles em uníssono, "você proferiu o melhor conselho e também o mais arrojado em que um homem se atreveu a pensar. Se ao repeti-lo ao rei, exatamente como o fez diante de todos nós, ele o aprovar, também nós estaremos de pleno acordo com ele." — "Isso não basta", disse Ulsius. "É preciso que também vocês expressem seu consentimento na presença do rei. Entre nós está presente o rei Loth von Orcanien, de quem em parte depende essa proposta de paz. Ele deve ser o primeiro a dar sua opinião." E o rei de Orcanien respondeu: "Por tudo quanto há de mais sagrado, não desejo que por minha causa essa proposta de paz não se concretize."

Ao ouvir isso, todos os outros imediatamente se comprometeram a apoiar a opinião de Ulsius e juntos foram ter com o rei, na presença do qual estavam também Yguerne e todos os seus. Todos os presentes se sentaram, à exceção de Ulsius que, de pé diante de todos, expôs-lhes a conclusão a que tinha chegado o conselho de barões e de príncipes. Depois perguntou ao rei se ele estava de acordo com o conselho desses homens. "Aprovo-o", respondeu o rei, "se a senhora Yguerne e todos os seus também estiverem de acordo com ele, e se o rei Loth von Orcanien estiver disposto a desposar a filha mais velha do duque." — "Majestade", disse o rei Loth, "não há nada que eu não esteja disposto a fazer por amor ao senhor e pela garantia da paz." Ulsius voltou-se então para os que acompanhavam Yguerne, perguntou-lhes se estavam satisfeitos com as sugestões e se estavam dispostos a fazer uma declaração de paz nas condições expostas.

Depois de ter-se dirigido a eles nesses termos, e esperando que respondesse aquele que tinha a incumbência de falar em nome da duquesa, todos começaram a chorar, movidos por grande comoção. Lágrimas grandes como ervilhas corriam pelas faces de todos. E de alegria e comoção chorava também aquele que deveria falar por todos, de sorte que não conseguia dizer uma palavra sequer. Finalmente conseguiu balbuciar: "Em toda a minha vida, jamais ouvi palavras como essas, nem vi alguém conceder uma indenização mais digna como esta que o rei oferece agora a um de seus vassalos!" Em seguida perguntou à dama e aos demais, se eles estavam satisfeitos com as condições propostas. Yguerne chorava e não conseguia dizer nada; os outros falaram por ela e foram unânimes em achar que não poderiam exigir uma indenização mais digna, nem conseguiram imaginar uma proposta de paz mais bela do que aquela.

Dois dias depois comemoraram-se as núpcias do rei com Yguerne e as do rei Loth von Orcanien com a filha mais velha do duque. Yguerne tinha ainda uma outra filha, chamada Morgana. Ela foi mandada para um convento, para ali ser educada. Seu desempenho em todas as ciências era tão excepcional, que ela foi considerada um verdadeiro prodígio; seus conhecimentos de astronomia eram tamanhos, que ninguém era capaz de superá-la nessa arte. Mais tarde recebeu o nome de Morgana, a Fada. A outra filha, que se casou com o rei Loth von Orcanien, deu à luz três filhos, todos eles valentes cavaleiros, que mais tarde se sentaram à Távola Redonda. Assim, todos os outros filhos da duquesa também foram muito bem assistidos pelo rei, que passou a amar e a honrar todos os parentes e amigos de sua esposa.

XXVIII

Yguerne revela ao rei que a criança não é nem dele nem do duque, e Merlin combina com Anthor uma troca de crianças

No dia em que o rei desposou sua bela Yguerne, fazia exatamente vinte dias que ele havia dormido com ela sob a forma do duque, e desde então ela esperava um filho dele. As bodas foram muito alegres e comemoradas com grande pompa. As festividades duraram quinze dias e todos os que delas participaram foram tratados da maneira mais esplêndida possível. O rei estava muito feliz por ter conseguido aquilo por que ansiara há tanto tempo, e só queria ouvir falar de festas e de manifestações de amizade. Certa noite, estando deitado ao lado de sua esposa, e encontrando-se ela em avançado estado de gravidez, o rei perguntou-lhe de quem ela estava grávida, pois não acreditava que aquele filho pudesse ser dele, nem do duque, já que muito antes de morrer o duque estivera afastado dela.

A rainha Yguerne começou a chorar ao ouvir do rei estas palavras e, em meio a muitas lágrimas, disse: "Meu rei, eu jamais poderia faltar-lhe com a verdade. De fato, não posso estar grávida de um filho seu, mas pela misericórdia de Deus tenha compaixão de mim! O que vou contar ao senhor pode parecer inacreditável, nem por isso deixa de ser a mais pura expressão da verdade. Por isso, peço-lhe que me prometa, antes que eu lhe fale, que o senhor não irá me repudiar e nem me fazer qualquer tipo de repreensão." — "A senhora pode me contar tudo abertamente", respondeu o rei, "pois prometo-lhe que, seja o que for, em nada vou mudar meu comportamento em relação à senhora."

Ao ouvir isso, Yguerne tranqüilizou-se e contou ao rei fielmente tudo o que havia acontecido naquela noite em que ela pensou ver em seu quarto seu esposo, acompanhado por dois de seus cavaleiros de confiança. Contou-lhe que passara a noite com seu suposto marido, mas que no dia seguinte, depois de ele ter partido, recebera a notícia de que na noite anterior, ao invés de ter estado com ela, ele havia sido morto no campo de batalha. "Assim", completou ela, "não sei a quem pertence essa criança." — "Minha adorada companheira", respondeu o rei, "peço-lhe que entregue esta criança àquele que virá apanhá-la, ou a quem eu queira entregá-la, para que nunca mais ouçamos falar dela." –– "Majestade", replicou Yguerne, "aja comigo, bem como com tudo o que me pertence, segundo a sua vontade."

Na manhã seguinte, o rei contou a Ulsius a conversa que tivera com sua esposa naquela noite. "Agora o senhor pode ter certeza absoluta", disse Ulsius, "de que a rainha é uma dama muito virtuosa, inteligente e fiel, pois ela não lhe ocultou a verdade nesse assunto tão embaraçoso, mas teve a coragem de dizer-lhe toda a verdade."

Seis meses depois, Merlin veio ter com Ulsius, demonstrou-lhe sua satisfação por tudo o que tinha acontecido, e em seguida mandou-o ao rei, que veio imediatamente e ficou muito contente ao revê-lo. Em seguida, Merlin disse ao rei: "Não muito longe daqui vive um verdadeiro homem de bem, chamado Anthor, cuja esposa é a mulher mais sensata e mais temente a Deus de todas estas terras. Ela é uma mulher de conduta irrepreensível, prendada em todos os sentidos, e de muito boa índole. Recentemente essa mulher deu à luz um menino, mas o bondoso Anthor não é homem dos mais ricos. Aconselho você a enviar um mensageiro até ele, mandar chamá-lo e dar-lhe dinheiro e bens suficientes para que ele leve uma vida digna. Contudo, peça-lhe que confie aos cuidados de sua esposa uma criança que lhe será levada, para que ela o crie em seu colo e o alimente com o leite de seu peito. Depois peça que ele faça o juramento sagrado de confiar a educação de seu próprio filho a uma outra pessoa e de, no lugar de seu filho, criar e educar o menino que lhe será entregue." — "Seguirei à risca tudo o que você solicita", respondeu o rei.

Merlin voltou para junto de mestre Blasius, e o rei mandou chamar a sua presença o honrado Anthor. Anthor veio imediatamente e ficou muito admirado quando o rei o recebeu com tanta cordialidade e com tantas honrarias. Ele não entendia por que tudo aquilo estava acontecendo. "Meu amigo", começou o rei, "quero revelar-lhe um segredo que pelo amor que você tem a sua vida não pode ser revelado a mais ninguém. Você é meu súdito e meu vassalo. Tem obrigação, portanto, perante Deus e perante mim, de guardar fielmente meu segredo e de me ajudar a realizar aquilo que lhe direi em seguida." — "Majestade", respondeu Anthor, "nada há que Vossa Majestade possa me ordenar que eu não cumpra com alegria e boa vontade; e ainda que seja algo que esteja fora de meu alcance seu segredo estará seguro comigo."

"Então ouça, meu amigo, o que recentemente um rosto me disse em sonho. Vi diante de mim um homem, o qual me disse ser você, Anthor, uma das criaturas mais honestas e honradas em todo o mundo. Você", prosseguiu o rei, "gerou um filho que sua esposa está agora amamentando. Esse homem me ordenou que dissesse a você para, por amor a teu rei, confiar a criação e a educação de seu próprio filho a um outro, e que, em troca disso, entregasse ao peito de sua esposa uma criança que lhe será trazida por um estranho, e que a criasse e educasse como se ela fosse sua." — "Majestade", disse Anthor, "é um sacrifício muito grande esse que Vossa Majestade exige de mim: entregar meu próprio filho para ser amamentado por uma outra mulher e aceitar como minha uma criança que me é estranha. De minha parte, porém, estou disposto a obedecer a Vossa Majestade, desde que minha esposa também esteja disposta a fazê-lo. Contudo, prometo que tentarei convencê-la a aceitar a idéia. Diga-me, então, meu rei, se essa criança já nasceu e quando vou recebê-la." — "Não sei", respondeu o rei. Deu ao homem uma vultosa quantia em ouro, muitas outras riquezas e bens, com que o bondoso Anthor ficou muito satisfeito. Anthor voltou para casa e contou a sua esposa o que tinha acontecido em seu encontro com o rei. Ela, porém, achou aquilo tudo muito estranho.

"Como poderei entregar meu próprio filho e amamentar uma criança estranha?", perguntou ela. "Não há nada que não tenhamos a obrigação de fazer por nosso senhor", disse Anthor. "Veja que ele já me deu muitas coisas e me prometeu oferecer muito mais, de sorte que nunca mais precisaremos temer a pobreza. Portanto, temos que fazer tudo o que ele exige de nós. Se assim for sua vontade, meu desejo é que você amamente e crie como se fosse nossa a criança que nos será trazida." — "Eu pertenço ao senhor", disse a mulher, "e também meu filho. Faça conosco o que for de sua vontade." O bravo Anthor ficou muito satisfeito ao ouvir de sua esposa essas palavras.

XXIX

Como um ancião desconhecido recebe o recém-nascido, e Anthor manda batizá-lo com o nome de Artur

Um dia antes de a rainha dar à luz, Merlin veio ter com Ulsius e lhe disse: "Estou satisfeito com as providências que o rei tomou. Vá e diga-lhe que previna a rainha de que amanhã, logo depois da meia-noite, ela vai dar à luz." Merlin avisou-o também de que logo após o parto a rainha deveria entregar a criança ao homem que avistasse ao sair de seu quarto. Ulsius perguntou a Merlin se ele próprio não queria conversar com o rei, ao que Merlin respondeu: "Não, não agora."

Ulsius contou ao rei tudo o que Merlin lhe havia pedido, e o rei imediatamente foi procurar a rainha. "Amanhã, depois da meia-noite", disse a ela, "você terá dado à luz. Peço-lhe, exijo-o mesmo, que logo depois do nascimento você entregue a criança a sua criada de quarto de maior confiança. Dê-lhe ordens expressas de entregar a criança ao homem que ela vir ao sair do quarto. Proíba, sob pena de morte, a todos os que estiverem presentes ao nascimento de comentar que você deu à luz uma criança, pois muitos poderão acreditar que a criança não é meu filho, o que de fato é bem possível." — "Posso garantir ao senhor", replicou a rainha, "que não sei quem é o pai dessa criança. Farei com ela o que o senhor me pede." Ela se sentia, no entanto, tão envergonhada, que não conseguia encarar o rei e mantinha-se de olhos baixos.

Na hora determinada, a rainha deu à luz, e ficou muito admirada pelo rei ter previsto a hora em que isso aconteceria. E tudo o mais aconteceu conforme o rei lhe tinha ordenado. "Fiel amiga", disse a rainha a sua camareira, "tome a criança e entregue-a ao homem que a reclamar de você diante da porta do quarto. Contudo, preste bastante atenção para ver quem é esse homem."

A camareira envolveu a criança em ricos tecidos e levou-a para fora do quarto. Quando abriu a porta, um homem muito velho e fraco veio em sua direção. "O senhor está esperando por alguém?", perguntou. "Espero por aquilo que a senhora traz nas mãos", respondeu o velho. — "Quem é o senhor? O que devo dizer a minha senhora sobre a pessoa para quem entreguei a criança?" — "Não se preocupe com isso. Faça o que lhe foi ordenado, pois é o que você deve fazer." A mulher entregou-lhe a criança e, na mesma hora, o velho desapareceu com ela, de modo que a mulher não ficou sabendo para onde ele tinha ido. Quando retornou ao quarto e contou à rainha que fora obrigada a entregar a criança a um homem idoso e estranho, que no instante em que recebera a criança desaparecera com ela, a rainha começou a chorar amargamente.

O velho saiu com a criança para levá-la ao bondoso Anthor, e encontrou-o na rua no momento em que ele ia à missa. "Anthor", disse o velho dirigindo-se a ele, "trago-lhe a criança que você deverá criar e alimentar como se fosse sua. Se você o fizer fielmente, será tão grande o bem que você e os teus receberão, que lhe será difícil acreditar nele. O rei, bem como os homens e as mulheres nobres, pedem que você cuide muito bem dela. Também eu lhe peço o mesmo, e meu pedido deve ter para você o mesmo valor do pedido do mais rico dos homens." Anthor tomou a criança, olhou-a, achou-a bem desenvolvida e muito bonita. "Ele já foi batizado?", perguntou ao velho. "Não", respondeu este, "você pode mandar batizá-lo imediatamente na igreja em que você pretendia ir assistir à missa." — "E que nome devo dar-lhe?" — "Chame-o de Artur. Você logo vai saber do enorme bem que essa criança fará a você, pois tanto você como sua mulher vão amar muito esse menino, e não saberão diferenciá-lo de seus próprios filhos. E que Deus seja louvado." Separaram-se. Anthor mandou batizar o menino com o nome de Artur, e depois levou-o até sua esposa, que o recebeu de braços abertos, beijou-o, colocou-o em seu peito, amamentou-o ao mesmo tempo em que entregava seu próprio filho aos cuidados de uma mulher estranha, a quem recebera previamente.

XXX

Sobre a morte de Uterpendragon, a procura de um novo rei, e a espada que ninguém consegue arrancar da bigorna

Depois de ter reinado em paz por longo tempo, Uterpendragon foi acometido de uma grave doença, a gota, que o impedia de utilizar as mãos. Durante sua enfermidade, os pagãos voltaram a atacar e a devastar seu reino. Os príncipes e barões combatiam-nos incansavelmente, mas eram sempre derrotados, ao passo que os pagãos tornavam-se cada vez mais poderosos dentro do reino. Merlin veio ter com Uterpendragon, e disse-lhe que com sua ajuda ele conseguiria novamente expulsar o inimigo, mas que depois disso não viveria muito tempo. Nesse meio tempo, a rainha Yguerne já havia falecido. Assim, Merlin aconselhou ao rei dividir entre os pobres todos os seus tesouros e riquezas, tão logo tivesse vencido o inimigo. Enquanto ainda vivesse, ele deveria praticar o bem ao máximo, pois tinha que deixar o reino sem qualquer herança. O rei perguntou-lhe então sobre a criança que lhe havia sido entregue. "Não se preocupe com ela", respondeu Merlin. "Posso lhe assegurar que é um menino bonito, desenvolvido e bem educado." Depois de Merlin ter-se despedido do rei e de tê-lo lembrado de que ele não viveria por muito mais tempo, o rei perguntou-lhe chorando: "Oh, Merlin, será que nunca mais vou ver você?" — "Você me verá mais uma vez", respondeu Merlin, "mas não mais do que isso."

Uterpendragon reuniu seu exército e, carregado numa liteira à frente do exército, comandou os ataques com tamanha inteligência e coragem, que conseguiu elevar o moral das tropas e dos comandantes que haviam restado, derrotou o inimigo, e expulsou-o definitivamente do reino. Depois retornou a Londres e dividiu todos os seus tesouros, tudo o que possuía entre os pobres e a Igreja, o que o fez conquistar o amor de seu povo mais do que nunca. Logo em seguida, porém, voltou a sofrer do mal que o atacara, sendo desenganado pelos médicos. Depois de ter piorado tanto que não conseguia mais falar, e estando sem dizer uma única palavra há três dias, Merlin retornou a Londres. Os membros da corte e o povo, ao verem-no chegar, foram chorando a seu encontro e disseram: "Nosso rei está morto!" — "Ele ainda não morreu", respondeu Merlin. "Levem-me até ele; vocês ainda vão ouvi-lo falar mais uma vez."

Quando o conduziram até o quarto em que o rei enfermo estava acamado, Merlin mandou que abrissem todas as janelas e entrou. Os membros da corte aproximaram-se do rei e lhe disseram: "Está aqui Merlin, que Sua Majestade sempre amou." O rei virou-se então para ele, reconheceu-o de imediato e todos puderam ver pela expressão de seu rosto o quanto ele ficara alegre em rever o amigo. Merlin debruçou-se sobre ele e murmurou-lhe ao ouvido: "Saiba que seu filho Artur o sucederá no trono e levará a cabo a obra da Távola Redonda que você iniciou!" Ao ouvir isso, o rei elevou a voz: "Diga a ele que ore por mim a Jesus Cristo, Nosso Senhor." Em seguida, Merlin voltou-se para os que rodeavam o leito e disse-lhes: "Estas foram as últimas palavras do rei. Ninguém vai ouvi-lo dizer mais nada."

Depois, Merlin foi embora, deixando para trás um grupo de pessoas assustadas tanto pelo fato de o rei ter falado com ele, como também por suas palavras, cujo sentido não entenderam, pois não tinham ouvido o que Merlin havia murmurado ao ouvido do rei. Naquela mesma noite, Uterpendragon morreu e o reino ficou sem sucessor. Os princípes e barões reuniram-se para eleger um rei entre eles, mas não conseguiam chegar a um acordo. Finalmente, decidiram pedir um conselho a Merlin, o mais sábio de todos os homens.

Merlin foi trazido à reunião do conselho e, em nome de todos os príncipes, lhe foi perguntado quem deveriam escolher como rei para suceder a Uterpendragon. Merlin então levantou-se e disse: "Sempre amei este reino, assim como todos os que nele viveram; se quiserem seguir meu conselho, deixem que Deus decida quem deve ser o rei."

Todos gritaram a uma só voz: "Diga-nos o que fazer. Acreditamos em você e queremos fazer tudo o que você considerar correto." — "Quatorze dias são passados", disse Merlin, "desde que o rei morreu. Era o dia de São Martinho. Esperem ainda até a noite de Natal, que não está muito longe. Nosso Redentor, o rei de todos os reis, nasceu nesse dia. Posso garantir a todos que, se passarem esse dia orando fervorosamente a Nosso Senhor, ele lhes dará um sinal que lhes permitirá eleger um rei. Todos vocês, príncipes e pessoas do povo, bem como bispos e membros do clero, devem orar para que Ele os ilumine e manifeste sua vontade através de um sinal, mostrando-lhes aquele que foi considerado digno de sentar-se ao trono deste reino. Em verdade vos digo que se orarem ao Senhor com fervor e devoção lhes será enviado um sinal pelo qual vocês reconhecerão o rei, e então estarão certos de o terem eleito segundo a vontade de Nosso Senhor."

Todos os presentes ficaram muito satisfeitos com o conselho de Merlin, e foram unânimes em decidir segui-lo à risca. Quando pediram a ele que retornasse para a noite de Natal a fim de verificar se tudo havia acontecido segundo ele tinha aconselhado, Merlin disse que não voltaria antes que tudo estivesse consumado. Em seguida deixou o conselho e foi ter com mestre Blasius, para contar-lhe o ocorrido. E graças a isso, também nós pudemos ficar sabendo.

Os barões, por sua vez, mandaram convocar todos os príncipes, senhores e cavaleiros para as festividades de Natal em Londres, a fim de que todos se unissem em oração e vissem, através de um milagre a ser operado por Deus, qual dentre eles seria eleito rei. E assim aconteceu. Não havia uma única pessoa que não se encontrasse em Londres no Natal. O corajoso cavaleiro Anthor também veio e trouxe Artur, seu filho adotivo, um menino de beleza extraordinária e bem-educado, em todos os sentidos. Anthor também trouxe consigo seu filho legítimo, um ano mais velho do que Artur, e que se tornara cavaleiro no dia de Todos os Santos. O amor de Anthor por seu próprio filho, contudo, não era maior do que o amor que tinha por Artur.

Na véspera de Natal, todos os príncipes, cavaleiros e boa parte do povo se reuniram na igreja, oraram, e com grande fervor assistiram à Missa do Galo. Tendo ela terminado, e já que nenhum sinal se manifestara aos olhos dos presentes, todos começaram a duvidar e a achar que realmente tinham sido tolos em esperar por um tal sinal. Nesse momento subiu ao púlpito um padre muito esclarecido e fez um sermão esplêndido, no qual mostrava a todos sua falta de crença e sua impaciência, e a todos exortou a continuar orando com fervor e a confiar de olhos fechados em Deus. Falou-lhes também de seu dever, lembrando a todos que àquela hora não estavam todos reunidos na igreja com o único propósito de eleger um rei entre eles, mas de orar pela salvação de suas almas e para implorar misericórdia ao rei dos reis, que havia nascido por eles naquela noite. O sermão foi tão impressionante e tão tocante que os príncipes, emocionados, sentiram sua fé renovada e aguardaram a primeira missa da manhã orando fervorosamente. Depois de a terem assistido e de a claridade do dia começar a inundar a igreja, muitos deles saíram e viram que na praça, em frente à igreja, erguiam-se três degraus largos, feitos de uma estranha pedra que alguns acharam ser mármore. Sobre o terceiro degrau havia uma bigorna de ferro, e encravada nela uma espada em posição vertical.

Os que haviam saído da igreja voltaram muito assustados e contaram o milagre ao arcebispo Brice, que acabava de celebrar a missa. Quando terminou a celebração, o arcebispo saiu da igreja, acompanhado por todo o povo e também pelos príncipes, subiu os degraus, examinou a espada e, em voz alta, para que todos ouvissem, leu a inscrição feita com letras de ouro de ambos os lados da espada. Os dizeres eram os seguintes: "Aquele dentre vocês que conseguir arrancar da bigorna esta espada será o rei dessas terras com as bênçãos de Jesus Cristo."

Todo o povo ficou maravilhado com aquele sinal milagroso. A bigorna sobre os degraus e a espada foram confiadas à guarda de dez dos mais sensatos e corajosos homens; deles, cinco representavam o poder temporal e cinco o poder espiritual. Em seguida, todos voltaram para a igreja, onde dirigiram ao Senhor orações de agradecimento pela graça do sinal por Ele enviado, e entoaram solenemente um *Te Deum*. Depois começaram as tentativas com a espada. Primeiro vieram os príncipes, os barões, todos os senhores poderosos e todos os cavaleiros, cada qual tentando arrancar a espada da bigorna. Ninguém conseguiu. O arcebispo ordenou aos dez guardas da espada que deixassem qualquer um que quisesse tentar arrancar a espada, não importando sua classe social. E, se alguém o conseguisse, o dever deles era prestar bastante atenção nesse indivíduo, para que ele pudesse ser reconhecido depois. Durante os oito dias seguintes, até o Ano Novo, pessoas vindas de todas as partes do reino fizeram a tentativa. Ninguém conseguiu arrancar a espada da bigorna, embora muitas centenas dos cavaleiros mais corajosos tivessem tentado.

XXXI

Como Artur toma por engano a espada, descobre o segredo da própria origem e é colocado à prova algumas vezes até ser coroado

Depois da ceia de Ano Novo, os príncipes e barões organizaram um torneio e uma corrida, numa bela praça localizada fora da cidade. Quando os cavaleiros e as outras pessoas da cidade ficaram sabendo do torneio, prepararam-se para ir até lá e assistir aos jogos. Ao verem que todos deixavam a cidade, os guardas da espada resolveram acompanhá-los, abandonando seu posto e deixando a espada sem qualquer vigilância. O bom cavaleiro Anthor encontrava-se precisamente nas portas da cidade quando os jogos começaram. Estava em companhia de seu filho, que no dia de Todos os Santos se tornara cavaleiro e que se chamava Lreux. Com ele estava também Artur, seu filho adotivo, que todos julgavam ser irmão legítimo de Lreux, e que amava e respeitava seu irmão mais velho. Quando os jogos começaram, Lreux pediu a seu irmão Artur que corresse até sua casa para buscar a espada que ele lá havia deixado. Prestativo e gentil como era, Artur montou imediatamente e partiu a galope para cumprir a ordem do irmão. Mas quando chegou à hospedaria em que estavam alojados encontrou tudo fechado. Não havia ninguém para abrir-lhe a porta, pois todos haviam ido assistir aos jogos. Desgostoso e chorando de raiva, Artur subiu em seu cavalo e retornou velozmente. Quando passou pela praça em frente à igreja e olhou ao redor para ver se por acaso não via alguém na rua, avistou a bigorna sobre os degraus de mármore. Ele nunca ouvira falar daquele milagre, para o qual olhava pela primeira vez. Com grande alegria viu a espada enfincada na bigorna, que naquele momento não era vigiada por ninguém. Correu até lá e, sem qualquer dificuldade, como se ela não estivesse presa, arrancou da bigorna a espada e cavalgou tão depressa quanto seu cavalo o permitiu, até onde estava Lreux, entregou-lhe a espada e contou-lhe por que não tinha trazido a espada do irmão e onde tinha conseguido aquela.

De pronto Lreux reconheceu a espada, procurou às pressas seu pai, o cavaleiro Anthor, mostrou-a a ele e disse-lhe: "Eu serei o rei. Consegui arrancar a espada." O cavaleiro Anthor ficou muito admirado, mas não acreditou em seu filho. "Você está mentindo", gritou. "Venha comigo imediatamente até a bigorna." Cavalgaram até o local em que estava a bigorna, acompanhados de Artur e dos criados. Quando chegaram à praça e o cavaleiro viu que a espada realmente não se achava mais encravada na bigorna, virou-se para Lreux e disse: "Querido filho, diga-me a verdade. Como você conseguiu essa espada? Eu nunca mais poderei amá-lo como meu filho se você mentir para mim. E saberei muito bem se o que você me disser é verdade ou não."

Lreux ficou envergonhado ao ouvir seu pai dizer aquelas palavras e respondeu: "Meu pai, não estou mentindo. Meu irmão Artur trouxe-me essa espada em lugar da minha. Mas eu não sei como ele a conseguiu." — "Dê-me a espada", disse Anthor. "Não é você que tem direito a ela, e sim aquele de quem você a recebeu." Lreux entregou-lhe a espada. Anthor olhou a seu redor, viu Artur a distância entre os criados, e chamou-o até ele. "Querido filho", disse a Artur, "tome esta espada e coloque-a novamente no lugar de onde você a tirou." Artur fez o que seu pai pedia. Fincou a espada novamente na bigorna e ela voltou a ficar presa como antes, de sorte que ninguém conseguia arrancá-la, exceto Artur.

Em seguida, o velho foi com seus dois filhos à igreja. Lá chegando, disse a Lreux: "Eu sabia muito bem que você não poderia ter arrancado a espada da bigorna." A Artur, porém, ele tomou nos braços e disse-lhe: "Meu caro e amado senhor, se eu ajudá-lo a tornar-se rei, que graça o senhor poderia proporcionar-me?" — "Como poderia eu", replicou Artur, "obter este ou qualquer outro bem, sobre o qual o senhor, como meu pai e senhor, não tivesse a última palavra?" — "Sou apenas seu pai adotivo; seu pai verdadeiro, aquele que o gerou, eu não o conheço." Ao ouvir isso, Artur quase perdeu os sentidos de tanto desgosto e aflição, pois amava e respeitava Anthor como se ele fosse seu pai, e era muito doloroso e imensamente triste não ter pai. Inconsolável, disse: "Oh, Deus, de que me vale este ou qualquer outro bem, se não tenho pai!" — "Mas o senhor deve ter tido um pai", disse Anthor. "Agora meu caro senhor, preciso saber que bem o senhor pode me assegurar, caso eu o ajude a conquistar essa graça que lhe foi determinada por Nosso Senhor." — "Ah, tudo o que o senhor quiser", respondeu Artur, chorando.

Anthor contou-lhe então tudo o que tinha feito por ele, que sua esposa havia entregue o próprio filho aos cuidados de estranhos, que aceitara Artur como seu próprio filho, amamentara-o com seu leite, e que portanto ele, Artur, lhe era infinitamente devedor, e também a sua esposa e a seu filho Lreux, pois nunca uma criança fora criada com mais amor do que ele o fora por todos. "Pai", disse Artur, "continue me considerando seu filho, pois como eu poderia dar um passo, como poderia ser digno de receber a graça que Deus talvez me conceda, e com a sua ajuda, sem o conselho e o apoio de um pai? Esteja certo de que estou pronto a fazer tudo o que o senhor me ordenar." — "Peço-lhe, então", recomeçou Anthor, "que quando você se tornar rei nomeie meu filho Lreux seu senescal, e de tal maneira, que ele, enquanto viver, nunca possa perder sua senescalia, ainda que lhe seja imputada culpa por qualquer ato indigno que ele venha a praticar contra a sua pessoa, ou contra qualquer outro habitante de seu reino. Ainda que ele seja um traidor, ou que de sua boca saiam palavras más, peço-lhe que seja tolerante, pois, para melhor criá-lo, a mãe dele confiou-o a estranhos, o que fez dele um fraco de caráter. É preciso, portanto, que você, mais do que qualquer outro, seja tolerante com ele. Peço-lhe que me conceda esse pedido." Tendo Artur assegurado que o faria, Anthor levou-o pela mão até o altar e, em frente à imagem da santa e gloriosa Virgem Maria, pediu-lhe que jurasse sobre o Santo Relicário que manteria sua promessa acerca de Lreux. Em seguida saíram da igreja e encontraram os príncipes, barões e cavaleiros, que retornavam dos jogos para a hora da ave-maria. Dentre os que chegavam, Anthor chamou seus amigos e, acompanhado deles e de seus filhos, foi até o arcebispo e disse: "Senhor arcebispo, este meu filho, que ainda não é cavaleiro, pede que lhe seja dada permissão para tentar arrancar a espada da bigorna."

Imediatamente, o arcebispo encaminhou-se com todos os presentes para fora da igreja, e todos se posicionaram ao redor dos degraus. "Meu filho", disse Anthor, "suba, pegue a espada e traga-a ao senhor arcebispo." Sem demora, Artur fez o que seu pai ordenara: subiu corajosamente os degraus, arrancou sem esforço a espada da bigorna e entregou-a ao arcebispo. Este abraçou o menino e cantou em voz alta o *Te deum Laudamus*. Os príncipes e os cavaleiros voltaram com Artur para o interior da igreja. Desgostosos, uns diziam aos outros: "Como pode um garoto desses ser coroado nosso rei?" Ao ouvir esses comentários, o arcebispo enfureceu-se; ele e Anthor estavam do lado de Artur, mas os barões e também o povo estavam contra ele.

Em seguida, o arcebispo proferiu as audaciosas palavras: "Ainda que o mundo inteiro esteja contra essa escolha, Deus assim o decidiu e por isso ele será o rei! Vá Artur", prosseguiu, "enfie a espada novamente no lugar de onde você a tirou." Artur obedeceu, e a espada voltou a ficar tão presa como antes. "Vão", continuou o arcebispo, "senhores príncipes, duques, pessoas ricas e poderosas, vão e vejam se um de vocês é capaz de arrancá-la dali." Um após o outro, todos tentaram novamente, mas ninguém conseguiu. "Seus tolos", gritou o arcebispo, "vocês querem por acaso lutar contra a vontade de Deus?" — "Não, não queremos," responderam os príncipes, "mas não estaria Ele querendo prejudicar-nos e fazer-nos sofrer ao determinar que um garoto seja nosso rei?" — "Aquele que o escolheu", respondeu o arcebispo, "conhece-o melhor do que vocês." — "Pedimos-lhe, senhor arcebispo", prosseguiram os príncipes, "que deixe a espada encravada até a festa das candeias, para que outros ainda tenham a oportunidade de tentar arrancá-la."

O arcebispo concedeu-lhes o que pediam; e assim vieram príncipes, duques, nobres e cavaleiros de todas as partes do reino para tentar arrancar a espada da bigorna; mas nenhum deles conseguiu o feito. No dia da festa das candeias, todos se reuniram novamente. A pedido do arcebispo, Artur subiu os degraus, arrancou sem esforço a espada da bigorna e entregou-a ao arcebispo; este, bem como todos os demais membros do clero, choraram de alegria e melancolia, ao verem operar-se esse milagre.

"Algum de vocês", perguntou o arcebispo, "ainda duvida da escolha divina?" — "Permita, senhor arcebispo", disseram os príncipes, "que a espada continue encravada na bigorna até a Páscoa. Se até lá não aparecer ninguém que queira tentar arrancá-la, então seremos vassalos dele." — "Vocês estão dispostos", perguntou o arcebispo, "a ser obedientes se eu esperar até a Páscoa?" — "Sim, senhor arcebispo, estamos." — "Então coloque a espada novamente em seu lugar, Artur; se é essa a vontade de Deus, ela continuará sendo sua." Artur obedeceu, encravou a espada novamente e dez homens passaram a guardá-la.

Depois da missa de Páscoa, Artur foi conduzido até a bigorna, de onde novamente arrancou a espada. Os príncipes então se levantaram e o cumprimentaram como seu senhor. Pediram-lhe, contudo, que ele enfiasse a espada uma vez mais na bigorna e primeiramente conversasse um pouco com eles. "Com prazer", respondeu Artur cordialmente, "tudo o que for de seu agrado eu farei." Em seguida, todos juntos entraram na igreja para conversar com Artur e colocá-lo à prova, pois o arcebispo havia elogiado aos príncipes o poder de compreensão e a grande dignidade de Artur, e eles queriam averiguar se tudo aquilo era verdade.

"Majestade", começaram eles, "vemos agora que é da vondade de Deus que o senhor seja nosso rei, e a vontade de Deus deve ser cumprida. Reconhecemo-lo, portanto, como nosso rei e senhor e nesse momento queremos receber do senhor nossos feudos e bens. Contudo, pedimos-lhe respeitosamente que adie sua coroação até a festa de Pentecostes. A despeito disso, o senhor continuará sendo nosso rei e senhor. Diga-nos se o senhor está de acordo com nossa sugestão." O rei Artur respondeu prontamente: "Não posso entregar-lhes seus feudos e bens antes de eu mesmo receber os meus, pois ninguém pode dividir o que não possui. Do mesmo modo, não posso ser chamado de rei, nem ser considerado como tal, enquanto não tiver sido ungido e coroado, e enquanto o reino não for entregue a minha responsabilidade. Quanto ao adiamento que vocês pedem, concedo-o com prazer, pois longe de mim exigir a coroação e o reino, ou mesmo ambicioná-lo, enquanto isso não for vontade de Deus e de todos vocês."

Os príncipes ficaram muito satisfeitos com essa resposta, e todos os presentes disseram: "Se este menino viver muitos anos, será um homem muito sensato." Os príncipes voltaram-se então para Artur e disseram-lhe: "Majestade, parece-nos oportuno que o senhor seja coroado rei por ocasião da festa de Pentecostes; até lá estamos dispostos a obedecer-lhe, conforme prometemos ao arcebispo."

Depois de ter sido tudo combinado, e de os príncipes finalmente terem decidido considerar Artur seu rei, todos trouxeram-lhe ricos presentes: alguns trouxeram ricas armaduras, outros cavalos maravilhosos, outros ainda correntes de ouro e valiosas pedras preciosas. Assim, cada um trouxe a Artur aquilo que acreditava que ele ambicionasse. Artur aceitou com muita honra todos esses presentes, agradeceu-lhes muito por tudo, mas distribuiu-os novamente entre os que lhe eram mais próximos e que considerava dignos de recebê-los. A cada um entregou aquilo que mais lhe agradaria, segundo sua posição, mérito, ofício e estado de espírito. Aos cavaleiros deu de presente cavalos e armaduras; aos fúteis e vaidosos, que gostavam muito de se enfeitar, entregou peças de ouro e tecidos de seda; aos enamorados entregou ouro e prata para que dessem de presente a seus entes amados; e aos sensatos, ofereceu o que pudesse agradar-lhes. Da mesma forma, aos sábios, que tinham vindo de terras estranhas, louvou e honrou aquilo que em suas terras era considerado de maior valor, e passou bom tempo na companhia deles, ouvindo suas advertências e conselhos. Dessa forma, redistribuiu tudo o que havia ganho e com isso conquistou o amor de todos os que o cercavam. Até os príncipes e barões comentaram entre si: "Ele deve ter uma ascendência muito nobre, pois nele não existem nem avidez e nem cobiça."

Como nada pudessem encontrar em Artur que fosse digno de repreensão, e depois de o terem submetido a tantas provas, os príncipes, os poderosos, os nobres e os cavaleiros de toda a Inglaterra reuniram-se em Londres na véspera de Pentecostes. Nesse dia, cada um tentou mais uma vez arrancar a espada. Em vão. O arcebispo, que havia preparado tudo para a coroação no dia seguinte, armou Artur cavaleiro, a pedido dos príncipes, e Artur passou a noite inteira de vigília na igreja, guardando suas armas.

Na manhã seguinte, o arcebispo fez um belo discurso aos príncipes e, ao final, perguntou-lhes se alguém ainda tinha alguma coisa a dizer contra a escolha e contra a coroação do rei. Todos, porém, foram unânimes em concordar que ele fosse coroado rei. Em seguida, todos se ajoelharam diante de Artur e pediram-lhe desculpas por terem sido tão hostis com ele no início e por terem adiado tantas vezes sua coroação; a seus pés, suplicaram-lhe sua graça. Artur também ajoelhou-se diante deles e disse: "Eu os perdôo e assim Deus os perdoa!" Em seguida, todos se levantaram, tomaram Artur nos braços e dirigiram-se para o local em que estavam os trajes reais, e vestiram-no com ele.

Nesse momento, o arcebispo pediu a Artur que fosse buscar a espada da justiça, com a qual deveria proteger a Igreja e a cristandade sempre que dela precisasse, pois nosso Redentor, ao trazer para a terra a justiça, colocara-a numa espada. Em seguida, todos, o arcebispo, os membros do clero, Artur, os príncipes, duques e barões, e todos os cavaleiros nobres seguiram em procissão até a bigorna em que estava encravada a espada.

Contudo, antes que Artur subisse os degraus, o arcebispo disse-lhe que ele deveria fazer o juramento. "Tudo o que o senhor ordenar", respondeu Artur. "Então jure", começou o arcebispo, "por Deus, o criador todo-poderoso, pela Virgem Maria, por São Pedro e por todos os Santos, que protegerá nossa Santa Madre Igreja, assistindo-a em tudo e amparando-a nos momentos de penúria, dando-lhe provas constantes do respeito que lhe é devido e cuidando para que nela reine a paz; que protegerá e amparará seu povo, defendendo-o de todo o mal; que, enquanto viver, será leal e justo para com todos em geral e para com cada um em particular; que não lesará o direito de ninguém e que cuidará para que sejam mantidas a paz e a liberdade; e que, segundo seu poder, cultivará a justiça a que todos têm direito indistintamente."

Ao ouvir essas palavras solenes, o jovem rei não conseguiu conter as lágrimas, e todos os que estavam a seu lado choraram junto com ele; em seguida, Artur recobrou seu autocontrole e com a voz firme disse: "Com a força de minha crença em Deus, senhor do Céu e da Terra e Pai de todos nós, juro por todas as minhas forças que farei tudo o que o senhor acaba de me dizer." — "Então, tome a espada!", disse o arcebispo. Artur ajoelhou-se, colocou as mãos na espada e, como de outras tantas vezes, arrancou a com facilidade. Depois, seguido por todos, carregou-a até o altar-mor da igreja e ali depositou-a. Foi então ungido e recebeu a coroa real, para o que se observaram todos os protocolos. Em seguida, o arcebispo celebrou a missa e, quando todos saíram da igreja, não encontraram mais nem os degraus nem a bigorna, algo de que todos muito se admiraram. Assim, Artur foi coroado rei em Londres, onde viveu em paz por muitos anos, até que, muito tempo depois, os príncipes se rebelaram contra ele, conforme leremos a seguir.

XXXII

Como os cavaleiros ameaçam o rei Artur e ele se entrincheira numa torre, e como Merlin encaminha-o a Leodagan, à bela Genevra e ao reino Thamelide

Conta a história que, depois de muito tempo, o rei Artur quis reunir toda a sua corte. Convocou os príncipes e os barões do reino, que vieram acompanhados de grandes comitivas. O primeiro a chegar foi o rei Loth von Orcanien, dono das terras de Leonnois, acompanhado por quinhentos cavaleiros, todos muito bem armados e montando belos cavalos. Depois foi a vez do rei Urien, da terra de Gorre, um jovem cavaleiro muito adestrado no manejo de armas que trouxe consigo quatrocentos valorosos cavaleiros. Em seguida chegou o rei Uter von Gallot, que era casado com uma irmã do rei Artur, acompanhado por setecentos cavaleiros; depois o rei Lrarados von Brebas, um homem muito alto e forte, senhor de Estrangerore, e um dos cavaleiros da Távola Redonda. Depois foi a vez do jovem e belo rei Aguiseaulx da Escócia, que trouxe quinhentos cavaleiros; e por último o rei Idiers, com quatrocentos jovens cavaleiros, muito valentes e adestrados no uso de armas.

O rei Artur ficou muito feliz ao ver reunido em Londres, ao seu redor, um exército de cavaleiros tão imponente e nobre, e recebeu a todos com muitas honrarias e com grandes festividades. Nesse meio tempo, também o rei Artur tornara-se um homem muito belo e um excelente cavaleiro, de modo que, ao vê-lo, todos sentiam uma enorme alegria; sem contar que ele era muito pródigo com os bens que possuía. O rei ofereceu a cada um dos príncipes e a cada um dos cavaleiros valiosas jóias e toda a sorte de ricos presentes, e o fez com dignidade e generosidade, como alguém a quem não faltam tais tesouros e que está acostumado a reparti-los. Alguns dos príncipes aceitaram de bom grado os presentes oferecidos, e por isso passaram a considerar ainda mais seu rei; outros, porém, sentiram muita inveja, e daquele dia em diante os mais nobres e poderosos passaram a nutrir no coração um ódio mortal contra seu rei. "Não foi uma tolice entregarmos a um rapazola de tão baixa estirpe todo esse poder e esse poderoso reino, para que ele reúna os tesouros e os distribua com orgulho?", comentavam eles entre si. "Daqui para frente não poderemos mais admitir uma coisa dessas."

Assim, recusaram com soberba os presentes do rei e os enviaram de volta a ele, comunicando ao mesmo tempo que não mais o consideravam seu rei, e que portanto ele deveria abandonar o mais depressa possível o reino e aquelas terras e tomar muito cuidado para não aparecer ali outra vez, do contrário, eles, príncipes, não poupariam esforços para matá-lo.

O rei Artur ficou muito irritado com essas ameaças; mas como sabia que elas não acabariam em boa coisa fugiu na calada da noite e entrincheirou-se numa torre fortificada, situada na cidade de Londres, onde ficou escondido durante quinze dias, pois já sabia da traição dos príncipes. Nesse momento chegou Merlin e mostrou-se abertamente a todo o povo. Quando as pessoas o reconheceram, ficaram tão contentes e foram tão grandes as manifestações de amizade demonstradas e o tumulto gerado em torno dele, que teria sido impossível ouvir um trovão, tão grande era o alarido que se formou. "Merlin voltou! Merlin chegou!", gritavam as pessoas pelas ruas. Os príncipes também foram ao seu encontro, mostraram-se muito honrados em revê-lo e o conduziram ao palácio, a um salão cujas janelas davam para um campo aberto e muito verde, fora da cidade. Cortando esses prados havia um belo rio de águas límpidas, que se podia acompanhar com a vista até bem distante, até o ponto em que ele circundava a fortaleza de Clarion. Nesse salão, os príncipes sentaram-se com Merlin e fizeram-lhe muitas perguntas. Quiseram saber o que ele pensava do novo rei que o arcebispo de Brice havia coroado sem a permissão deles e contra a sua vontade, bem como contra a vontade do povo.

"Ele agiu corretamente", respondeu Merlin. "Saibam que ele não poderia ter escolhido ninguém mais indicado para o posto." — "Como assim, Merlin? Explique-nos suas palavras, pois nos parece que muitos de nós, pelo berço de onde vêm e por sua valentia, teriam sido mais merecedores de tamanha honra do que esse rapazote, cuja origem nenhum de nós conhece!" — "Saibam que ele é de descendência mais nobre do que qualquer um de vocês", disse Merlin, "pois não é nem filho de Anthor, nem irmão de Lreux!" — "Merlin, você está nos deixando cada vez mais confusos. Quem é ele, então? Que opinião devemos ter sobre ele?" — "Mandem dizer ao rei Artur que venha até nós; prometam-lhe plena segurança, e mandem que venha conosco também seu pai adotivo, Anthor, e Ulsius, conselheiro do rei Uterpendragon, bem como os arcebispos de Brice e de Londres. Na presença de todos eles, vocês vão ouvir a história de Artur e todas as suas dúvidas serão resolvidas."

Na mesma hora, um dos presentes foi escolhido e enviado como mensageiro. Sua missão era chamar o rei Artur, em nome de Merlin e dos príncipes reunidos, bem como convocar os arcebispos e as duas outras pessoas. Quando essas ouviram que Merlin tinha voltado, ficaram muito contentes e imediatamente puseram-se a caminho. Artur, porém, vestiu uma couraça sob suas vestes, pois não confiava nem um pouco naqueles príncipes traiçoeiros. Quando chegaram ao salão em que estavam reunidos os senhores, e no qual também se encontrava um grande número de populares que se aglomeravam para ouvir o que se ia discutir, todos se sentaram. Só Merlin ficou de pé, e contou com todos os detalhes e com grande clareza toda a história do nascimento do rei Artur; em seguida, Ulsius e Anthor fizeram um juramento solene aos arcebispos presentes de que tudo acontecera exatamente conforme Merlin relatara. "Vejam, portanto", prosseguiu Merlin, "que o rei Uterpendragon, seu pai, não quis declará-lo seu filho e herdeiro por uma questão de honra, pois me havia confiado esse seu filho antes mesmo de saber que o tinha gerado, e não queria, de forma alguma, quebrar seu juramento. Mas o Senhor Deus, conhecedor da virturde e da devoção da esposa do rei, Yguerne, determinou que, em honra a seus pais, o menino tomasse posse da herança que lhe cabia por direito, e operou o milagre da espada, para que todos vocês pudessem ver que o próprio Deus o tinha escolhido, e que ele deve ser seu rei."

Todo o povo chorou de alegria ao ouvir essa história e ao saber que Artur era filho de seu amado rei Uterpendragon, e amaldiçoou de todo o coração aqueles que tinham dado início àquela terrível confusão e não queriam que Artur continuasse sendo rei.

Os príncipes, contudo, disseram em alto e bom som que não queriam um rei gerado por uma união ilegal. Pronunciaram palavras maldosas, que não quero reproduzir aqui. Dentre outras coisas, acusaram Artur de ser bastardo, e declararam não precisar de um bastardo para manter a paz, nem permitir que ele estivesse à frente de um reino como o de Londres. Em seguida, todos se mostraram muito revoltados com a situação. Os arcebispos, porém, assim como o clero e todo o povo, estavam do lado de Artur. Os cavaleiros armaram-se em suas hospedarias e declararam guerra ao rei. Este, por sua vez, voltou para sua torre fortificada e, com o maior número possível de pessoas que conseguiu juntar, colocou-se de prontidão para defender-se. Estando reunidos todos os seus partidários, ele contava com cerca de sete mil homens, incluídos os membros do clero. Possuía, no entanto, um pequeno número de cavaleiros, cerca de trezentos e cinqüenta. O rei entregou-lhes armas e cavalos, e eles juraram defendê-lo e permanecer-lhe fiel até a morte.

Merlin foi ter com os príncipes, que se preparavam para atacar o rei, e repreendeu-os pela terrível empreitada em que se lançavam. Mas os príncipes zombaram dele, chamaram-no de bruxo e fizeram com que ele se calasse. Merlin disse que no momento oportuno se vingaria deles pelo que estavam fazendo, retirou-se e dirigiu-se à fortaleza do rei Artur.

"Não tema, Majestade", disse ele. "Não tema seus inimigos, pois vou ajudá-lo a defender-se deles. Nenhum será tão intrépido a ponto de não se arrepender, antes mesmo que a noite chegue, de ter saído de casa hoje." Ao ouvir isso, Artur pediu-lhe humilde e educadamente que ele não o deixasse, e que o amasse como tinha amado seu pai, Uterpendragon. Tal como seu pai, Artur mostrou-se disposto a obedecer a todos os conselhos de Merlin, e a satisfazer a cada um de seus desejos. "Tenha coragem, rei Artur", replicou Merlin. "Não receie nada. Ouça bem o que vou dizer-lhe. Tão logo se veja livre desses barões, o que não vai levar muito tempo, faça o que vou lhe aconselhar. Como é de seu conhecimento, depois da morte de seu pai, cuja alma está com Deus, os cavaleiros da Távola Redonda, ao verem o levante traiçoeiro que surgiu neste reino, foram embora e abandonaram a Távola Redonda. Saiba que em Thamelide vive um rei, de nome Leodagan, cuja esposa faleceu. Ele já está velho e possui apenas uma filha, Genevra, única herdeira de seu reino. No momento, o rei Leodagan trava uma difícil luta contra Rion, rei dos povos que habitam a região mais elevada dos Sudetos, terras em que ninguém quer morar, pois acontecem tantas coisas estranhas por lá, que não se tem sossego nem de dia nem de noite. O rei Rion é muito poderoso, tanto em terras quanto em guerreiros valentes e intrépidos; além disso, é um homem implacável. Já destronou cerca de vinte reis, fez com que lhes fosse arrancada a barba de maneira bastante cruel, e com ela mandou confeccionar um casaco. Toda vez que ele reúne sua corte, um dos seus cavaleiros é obrigado a desfilar com o casaco diante do rei, e como a peça ainda não está acabada Rion jurou não descansar enquanto não vencer trinta reis e com suas barbas terminar o seu casaco. Agora é contra o rei Leodagan que ele guerreia e já causou a suas terras inestimáveis danos.

É preciso que você saiba que, se ele conquistar aquelas terras, também você perderá as suas para ele; e se o rei Leodagan não estivesse sendo ajudado pelos cavaleiros da Távola Redonda, que agora se reuniram a sua volta, ele já teria perdido seu reino, pois é um homem idoso. É para o reino desse rei Leodagan que você deve se dirigir agora. Sirva a ele por algum tempo; ele lhe dará sua filha para esposa, e você se tornará herdeiro daquelas terras. A filha dele é jovem e muito bela, além de ser uma das mulheres mais sensatas que existem. Não se preocupe com suas terras. Nada acontecerá com elas, pois os barões que agora se indispõem contra você terão tanto o que fazer que não terão tempo para pensar em combatê-lo. Contudo, eles vão atacá-lo quando você estiver a caminho do continente, mas não levarão vantagem alguma. Antes de partir, porém, providencie víveres para as principais cidades e fortalezas de seu reino, e também guerreiros, além de tudo o que for necessário para se defender. Dê ao arcebispo de Brice a incumbência de excomungar todos os que de alguma forma lesarem o reino, ou se comportarem como inimigos; e que ele comece esta noite mesmo a excomungar os príncipes e barões, reinstaurando assim a espiritualidade todos os dias em cada cidade e em cada lugar. Você verá que o mais intrépido de seus inimigos temerá a excomunhão e desistirá da guerra. Também eu quero ajudá-lo a qualquer hora e sob qualquer circunstância, não o abandonando jamais, onde quer que você esteja."

Depois de ouvir atentamente todas essas palavras o rei Artur agradeceu muito a Merlin. Merlin entregou-lhe então uma bandeira, que tinha grande significado: nela estava representado um dragão de bronze, que parecia expelir fogo pelas ventas; sua cauda, também de bronze, era incrivelmente longa e espessa, formando várias sinuosidades. Ninguém sabia onde Merlin tinha conseguido aquela bandeira. Artur aceitou o dragão, entregou-o a Lreux, seu senescal, para que ele próprio a empunhasse à frente, significando que Lreux, por toda a sua vida, seria o porta-bandeira do reino de Londres.

Lreux era um valente cavaleiro, muito respeitado por todos; comportava-se corajosa e bravamente em todas as contendas e batalhas, mas tinha o defeito de ser enfadonho e de suas conversas serem entediantes. Por causa desse seu defeito, os cavaleiros fugiam de sua companhia e zombavam dele. Quem o conhecia, porém, não se aborrecia com sua conversa tola, pois no fundo ele não queria mal a ninguém, nem tinha a intenção de ferir qualquer pessoa. Apenas era hábito seu dizer coisas tolas. Assim, quando começava a falar, ele não sabia muito bem o que queria dizer, mas falava assim mesmo até que deixava escapar uma palavra trocada, todos riam dele e o deixavam sozinho. À parte esse defeito, nada comum por sinal, Lreux era um rapaz de excelentes costumes, e essa falha, na certa, ele não a herdara de sua mãe, uma das mulheres mais sensatas e prendadas de todo o mundo, e sim de sua mãe de criação, a quem fora entregue para que Artur pudesse receber uma educação mais esmerada*.

---

*A partir daqui, como as referências a Merlin não são muito significativas, a não ser pelo fato de ele sempre aparecer ajudando o rei Artur a sair-se vitorioso em todas as batalhas, omitiremos a maior parte do original, tanto mais que tais referências já se encontram melhor e mais detalhadamente formuladas no *Romance do Rei Artur*, que tencionamos escrever mais tarde.

XXXIII

Sobre a Floresta de Briogne, o cavaleiro Dionas e sua filha Nynianne, que aprende com Merlin toda sorte de mágicas

Num vale cercado por montanhas, próximo à floresta de Briogne, havia uma casa muito bela, de construção suntuosa, onde vivia uma jovem de grande beleza. Ela era filha de um homem muito respeitado, um senhor feudal de nobre estirpe chamado Dionas. Esse nome, Dionas, ele o recebera da Sereia da Sicília, Diana, sua madrinha, e assim fora chamado por causa do nome dela. Antes de se separar de seu afilhado, ela o presenteara com muitos bens e riquezas, e também com muitos dons favoráveis, pois era a rainha dos mares e tinha muito poder. Enquanto Dionas viveu, sua madrinha manteve tudo o que lhe havia prometido. A pedido dela, os deuses determinaram que o primeiro filho de Dionas, uma menina, receberia os dons da graça e da beleza e seria amada pelo mais sábio de todos os homens de sua época. Esse homem seria contemporâneo do rei Vortigern, da Baixa-Bretanha, e seu amor por ela seria eterno, e jamais se acabaria; onde quer que estivesse, as lembranças dessa jovem sempre o acompanhariam. Ele também ensinaria a ela a arte da magia e muitas outras ciências ocultas, pois não seria capaz de recusar-lhe um pedido ou desejo; o que ela lhe pedisse, ele faria.

Depois que Dionas cresceu e se tornou um homem de extraordinária beleza e também um cavaleiro muito valente e muito habilidoso no manejo das armas, ele ofereceu seus préstimos à duquesa da Borgúndia. Esta ficou tão satisfeita com o trabalho dele, e o respeitava tanto por seus feitos e por seus hábitos nobres, que lhe deu por esposa uma de suas sobrinhas, uma jovem muito bela e muito bem-educada. Através de sua união com a jovem, ele recebeu também, além de um belo e valioso dote, a metade da floresta de Briogne, de propriedade do duque da Borgúndia. A outra metade da floresta pertencia ao rei Ban von Benoic que, mais tarde, ao lado do rei Beors, acompanhou o rei Artur em sua marcha para o reino de Leodagan, e permaneceu ao lado dele em todas as guerras e batalhas. De todas as terras e propriedades que recebeu, a floresta de Briogne foi a que mais agradou a Dionas, pois ele adorava caçar, passear na floresta, pescar e nadar. A floresta abrigava uma infinidade de animais selvagens: corças, veados e coelhos, entre os quais não faltavam javalis; nela havia também um lago, onde viviam peixes das mais belas espécies. Às margens desse lago, bem no coração da floresta, Dionas mandou construir uma casa muito bonita, rica e confortável, e nela vivia muito feliz com sua bela esposa, cercado de todos os seus prazeres prediletos. Contudo, ia com freqüência à corte do rei Ban e estava sempre pronto a servi-lo ao lado de dez cavaleiros bem armados, que se orgulhavam de pertencer a sua comitiva. Tanto o rei Ban quanto o rei Beors respeitavam Dionas e o tinham em alta conta, graças a sua valentia e a seu comportamento cavalheiresco, mas também porque ele já lhes prestara inestimáveis serviços e os auxiliara com bravura em suas lutas contra o rei Klaudas e em muitas outras batalhas. Para mostrar seu reconhecimento pelos trabalhos de Dionas, o rei Ban presenteou-o com a outra metade de sua tão querida floresta de Briogne. O rei Beors, por sua vez, também lhe deu valiosos bens em terras, cidades inteiras, fortalezas e povoados. Dionas recebeu tantos presentes e foi tão amado por todos que se tornou um dos homens mais poderosos do reino e, enquanto viveu, conheceu todos os prazeres e teve tudo o que um homem pode desejar.

Sua esposa deu à luz uma menina, que foi batizada com o nome de Nynianne, um nome caldeu, que em nossa língua corresponde ao sentido de "isso eu não faço". O significado desse nome dizia respeito a Merlin, conforme leremos na seqüência desta história, pois ela era tão inteligente e sensata que sabia muito bem como evitar ser enganada.

Nynianne tinha vinte e dois anos quando Merlin passou pela floresta de Briogne sob a forma de um belo e jovem pajem. Caminhando pela floresta, chegou a uma fonte muito bela e de águas tão cristalinas que o fundo de fina areia branca parecia feito da mais pura prata. Todos os dias, Nynianne vinha até essa fonte para passar o tempo e desfrutar o prazer que o lugar lhe propiciava. Merlin encontrou-a sentada à beira da fonte, e achou-a de uma beleza tão divina que foi incapaz de dar um passo sequer, tão impressionado ficou com a jovem. Ele não conseguia desviar os olhos dela e sentia que tinha algo a dizer-lhe. Entretanto, pensava consigo mesmo que não deveria perder a cabeça pela beleza de uma mulher, abandonar-se a prazeres desse tipo, nem sentir qualquer desejo por um corpo feminino, para não despertar a ira de Deus. Contudo, embora repetisse a si mesmo todas essas coisas, não pôde deixar de cumprimentá-la delicadamente. A dama retribuiu-lhe o cumprimento de uma maneira muito refinada e disse: "O senhor ficou longo tempo absorto em pensamentos que desconheço. Possa Deus conceder-lhe o desejo de fazer o que for melhor para o senhor." Ao ouvi-la falar assim, com tanta doçura, Merlin não conseguiu resistir ao impulso de sentar-se ao seu lado, à beira da fonte, e de perguntar seu nome. "Sou filha de um nobre que mora nas redondezas", disse ela. "Mas, quem é o senhor?" — "Sou um pajem viajante", respondeu Merlin. "Procuro meu mestre e senhor, que me ensinou os segredos de uma arte maravilhosa." — "Que tipo de arte?", perguntou a jovem. "Ah, ele me ensinou, por exemplo, a fazer surgir um castelo onde eu quiser, com muitos soldados armados dentro, e outros, do lado de fora, cercando-o. Também posso andar sobre as águas sem molhar a sola do pé, ou fazer surgir um rio num lugar onde jamais houve algum." — "Eu daria boa parte do que posso para aprender apenas alguns desses truques", disse a jovem. "Posso fazer muitas outras coisas, coisas mais bonitas ainda, e bem ao gosto das pessoas de alma nobre. Assim, não há ninguém que a senhora possa imaginar e cuja forma eu não possa assumir na mesma hora." — "Peço-lhe, senhor, se isso for de seu agrado, que me deixe ver alguns desses truques. Em troca, prometo-lhe ser sua amiga e confidente enquanto eu viver, com toda a sinceridade e sem segundas intenções." — "A senhora é tão meiga e de tão bom coração", replicou Merlin, "que para ganhar seu amor eu lhe ensinarei com prazer alguns desses belos truques. Para isso, porém, a senhora terá de me oferecer seu amor, pois nada mais quero em troca." — "Com toda a honra", respondeu a jovem. "Mas não pense em nada de mal, nem em algo que me possa prejudicar." Merlin então levantou-se, distanciou-se alguns passos dela, quebrou um ramo de árvore e com ele desenhou um círculo ao redor de si. Depois aproximou-se dela novamente e sentou-se a seu lado.

Passado algum tempo, ela olhou para o local em que ele havia desenhado o círculo, e viu que de lá vinham damas e cavaleiros, criadas e criados caminhando de mãos dadas, e cantando uma melodia com voz tão doce e com gestos tão suaves, como jamais se ouvira. À frente deles vinham músicos tocando instrumentos dos mais variados tipos, e a música que tocavam se harmonizava tanto com o canto, que se tinha a impressão de estar ouvindo a harmonia dos anjos no céu. Eles pararam no interior do círculo que Merlin desenhara e alguns então começaram a dançar com gestos suaves e movimentos graciosos, enquanto outros continuavam a tocar e a cantar aquela linda música.

Por mais desperto que estivesse o coração de qualquer homem ou de qualquer mulher, ele não resistiria à beleza daquela música e adormeceria. Também não era possível saber o que era melhor, se vê-los ou ouvi-los; todos eram de rara beleza, tinham faces coradas e trajavam roupas suntuosas e jóias valiosíssimas, feitas de pérolas, pedras preciosas, ouro e prata, tudo tão rico e ornamentado de um jeito tão singular, que os olhos se deslumbravam ao fitá-los. Não é possível descrever com palavras nem a quarta parte de seu belo aspecto; e ninguém se cansaria de olhá-los e de ouvi-los.

O lugar em que Merlin desenhara o círculo era apenas um pedaço de terra que recebia sol. Mas quando o sol se pôs a pino, surgiu sobre os cantores e à volta deles uma árvore frondosa, e sob seus pés nasceram tantas flores e tantas ervas aromáticas, que de longe se podia sentir aquele perfume. Nynianne não se cansava de ouvir aquela música, esquecendo-se até mesmo de comer e de beber. Também não conseguia compreender o que os cantores diziam, embora prestasse bastante atenção às palavras. Entendia apenas o refrão: "As doçuras de um amor que se inicia acabam em amargura."

O canto soava tão alto que foi ouvido na casa de Dionas. Todos se dirigiram então para o local de onde ele vinha, e não ficaram menos surpresos ao ver aquele lindo grupo de pessoas e todas aquelas adoráveis plantas aromáticas num lugar onde jamais houvera nada parecido. Quando se sentiram cansados, sentaram-se na grama fresca e verde, colheram flores de adocicado aroma, confeccionaram coroas e buquês, e com eles brincaram com gestos de carinho e sorrisos, de sorte que era um prazer observar a cena.

Merlin tomou a mão de Nynianne. "O que a senhora acha de tudo isso?", perguntou. "O senhor fez tantas maravilhas que me conquistou inteiramente", respondeu ela. "Então, bela dama, é preciso que a senhora mantenha o combinado." — "Eu o farei com prazer, desde que o senhor me ensine alguns de seus truques." — "Está bem, eu os ensinarei à senhora com todo o gosto, para que a senhora saiba algumas outras coisas além de ler e escrever" — "Como o senhor sabe que eu sei ler e escrever?" — "Saiba, bela senhora, que meu mestre me ensinou a conhecer todas as coisas que acontecem."— "Esse é sem dúvida o mais belo de todos os seus poderes. Por acaso o senhor também sabe das coisas que vão acontecer no futuro?" — "Claro, minha cara amiga. Conheço grande parte do futuro, graças a Deus." — "Então diga-me: para que o senhor ainda quer aprender outras coisas? Parece-me que com todo esse saber o senhor poderia se dar por satisfeito e não precisaria aprender mais nada."

Enquanto Merlin e a jovem trocavam palavras assim tão doces e afetuosas, os cantores e bailarinos, acompanhados das belas cantoras e bailarinas, voltaram para a floresta de onde haviam saído. Um após o outro, todos desfizeram-se no ar, nas proximidades da floresta, sem que ninguém ficasse sabendo para onde tinham ido. Mas a linda árvore e as belas flores continuaram sobre a grama fresca, pois a jovem pediu com insistência a Merlin que eles ficassem, e deu ao lugar o nome de Encanto e Conforto.

Depois de terem conversado durante um bom tempo, Merlin disse: "linda jovem, agora preciso ir. Minha presença se faz necessária em outro lugar." — "Como? E o senhor vai embora sem antes me ensinar um pouco de sua arte?" — "Não tenha pressa, minha jovem, dentro em breve a senhora vai aprendê-la. Preciso ir embora, e a senhora ainda não me deu uma prova de seu amor." — "E que prova devo dar-lhe? Peça o que quiser, e eu o farei." — "Prometa-me seu amor e sua pessoa. Prometa-me que será minha." A jovem pensou um pouco, e então respondeu: "Está bem. Confio no senhor e prometo-lhe ser sua e dedicar-lhe todo o meu amor, com a única condição de que o senhor me ensine agora mesmo a conquistar um pouco de seus poderes."

Depois de ter conseguido conquistar a confiança da jovem, seu amor e ela própria, e depois de ela ter-se prometido e ter-se entregado a ele, Merlin ensinou-lhe toda sorte de truques. A jovem mal cabia em si de alegria, e mais tarde repetiu muitas vezes tudo o que aprendeu, como por exemplo fazer surgir um rio e depois, se quisesse, fazê-lo desaparecer novamente, e tantas outras belas mágicas que ela redigiu com cuidado em pergaminho e guardou. Em seguida, Merlin despediu-se carinhosamente de Nynianne. "Quando o verei novamente?", perguntou ela. Merlin prometeu estar com ela na noite anterior ao dia de São João. Depois, foi-se em direção a Tharoaise, em Thamelide, onde o rei Artur e os reis Ban e Beors o esperavam e o receberam com grande alegria*.

Na noite anterior ao dia de São João, Merlin foi reencontrar-se com sua amiga, que ficou extremamente feliz em revê-lo, pois dos poderes dele conhecia apenas uma ínfima parte do que desejava conhecer. A Merlin ela demonstrou sua alegria e seu amor de diversas formas: comeu e bebeu na companhia dele, e com ele dormiu numa mesma cama; mas já aprendera tanto de magia que quando ele, não podendo mais controlar-se, quis convencê-la a fazer o que ele desejava, ou quis abraçá-la, ela rapidamente transformou-se num travesseiro, que ele tomou nos braços, assim adormecendo.

A história não esclarece se Merlin algum dia já se relacionara sexualmente com uma mulher. A despeito disso, ele carregava consigo um amor tão grande por essa mulher, e entregou-se de tal forma a ela, que acabou como um tolo, totalmente a mercê de seus poderes. Merlin ficou longo tempo em companhia de Nynianne. Ela sempre conseguia controlar os desejos dele, e não perdia uma única oportunidade de conhecer os poderes e a sabedoria de seu companheiro. Merlin não conseguia negar-lhe nada. Ensinou-lhe tudo o que sabia, e ela cuida-

---

* Nesse ponto da história terminam as referências a Merlin. O restante do primeiro livro e todo o segundo livro do *Romance de Merlin* são constituídos por descrições de guerras e de conflitos isolados entre Artur e seus inimigos. Trata-se de situações nas quais Merlin reaparece para, através de seus conselhos, de sua coragem, ou de encantamentos, ajudar Artur a sair-se vencedor.

dosamente tomou nota de cada palavra do que ele dizia, de sorte que em pouco tempo tinha tudo em seu poder. Merlin então despediu-se carinhosamente dela, assim como ela dele, e foi ter com mestre Blasius, não sem antes prometer a ela que dentro de um ano, naquela mesma data, estaria novamente em sua companhia.

XXXIV

Sobre o último encontro de Artur e Merlin, a crônica de Blasius, e o que o mago ensina a sua amada Nynianne, até que ele próprio acaba sendo enfeitiçado

O rei Artur estava em Londres com sua esposa, a rainha Genevra, seu sobrinho, o cavaleiro Gawin, Merlin e os cavaleiros da Távola Redonda. Ali passavam seu tempo de forma tão agradável, que chegaram à conclusão de que nada lhes faltava. Entre eles não havia desconfiança ou hostilidade, mas alternavam-se festas, jogos, brincadeiras e conversas amistosas, fosse sob o frescor das árvores de uma bela floresta, fosse nas águas de um rio. De todas as partes chegavam à corte do rei Artur cavaleiros e senhores feudais, damas e jovens solteiras em grande número, para se divertirem e para conhecer o luxo da corte. Vinham também damas em busca de ajuda por uma injustiça sofrida, pois o rei Artur sempre permitia a um cavaleiro de sua corte intervir em favor de estranhos, se se tratasse de uma questão de justiça e se eles vinham lhe pedir ajuda; da mesma forma, cavaleiros estrangeiros desafiavam os cavaleiros do rei Artur para torneios ou para disputas de lanças e punham à prova suas armas contra as deles. Assim, todos levavam uma vida muito feliz; a Távola Redonda e a corte do rei Artur eram famosas e muito respeitadas no mundo inteiro.

Nesse meio tempo, porém, aproximou-se a época em que Merlin, para cumprir sua promessa, tinha que voltar à companhia de sua amiga Nynianne. Antes, contudo, queria rever mestre Blasius, em Nortúmbria. Por isso foi até o rei Artur e à rainha Genevra para despedir-se deles; com palavras ternas e humildes, o casal real pediu-lhe que retornasse em breve, pois ambos amavam-no tanto que não se sentiam bem sem tê-lo ao lado. Comovido, o rei disse: "Vá, Merlin, não posso deter o senhor. Mas não ficarei satisfeito enquanto não o vir novamente. Por isso, apresse-se, peço-lhe pelo amor de Deus que se apresse em retornar o quanto antes." — "Meu rei", disse Merlin, "esta é a última vez em que o senhor me vê." Ao ouvir essas palavras, Artur ficou tão assustado que perdeu a fala. Merlin saiu chorando e ainda teve tempo de dizer: "Seja feliz, meu rei, e que Deus esteja com o senhor."

Chorando, Merlin deixou a cidade de Londres e foi ter com mestre Blasius, em Nortúmbria. Pediu-lhe que anotasse tudo o que se passara na corte de Artur; todas as guerras e disputas de que o rei havia participado, bem como todos os seus feitos. Através do livro de mestre Blasius é que podemos conhecer até os dias de hoje a verdade sobre todas essas histórias.

Merlin ficou oito dias em companhia de mestre Blasius, vivendo, bebendo e comendo como um eremita. Quando chegou a hora de partir, Merlin ouviu de mestre Blasius: "Peço-lhe que retorne em breve, pois não sei por que me acomete esse medo ao vê-lo partir, nem sei por que sinto essa angústia no coração quando o olho." — "Esta também é a última vez que você me vê", disse Merlin. "Daqui para a frente vou viver com minha amiga e você não vai me ver nunca mais, pois não terei poder ou força para me separar dela, nem para permanecer em algum lugar ou ir para qualquer outro que não seja do desejo dela."

Mestre Blasius levou um choque e sentiu uma dor no peito ao ouvir aquelas palavras: "Oh, meu caro amigo", disse ele chorando de tristeza, "se é verdade que você não poderá fazer o que deseja, como você tão bem o sabe de antemão, por que é que você vai?" — "Preciso ir", replicou Merlin, "pois prometi a ela. E, ainda que não o tivesse feito, amo-a tanto que não quero nem posso ficar longe dela. Estava tudo escrito desde sempre; por isso nada posso alterar. Ela aprendeu muitas coisas comigo, e, para minha infelicidade, vou ensinar-lhe outras mais. Mas tem que ser assim; portanto, adeus. Você nunca mais me verá."

Ele se foi e em pouco tempo já estava junto de Nynianne. Ela ficou muito feliz ao vê-lo, pois seu espírito não encontraria paz enquanto ela não aprendesse mais coisas com ele e os dois estivessem equiparados em poder. Sem oferecer resistência, Merlin disse-lhe e ensinou-lhe tudo o que ela queria saber; e por ter sido obrigado a agir dessa maneira, Merlin foi considerado um tolo. Exatamente como ocorre em nossos dias.

Todas as vezes em que ele lhe ensinava alguma coisa que ela desejava saber, Nynianne ficava tão satisfeita e dava-lhe provas de um amor tão sincero, que ele ficava cada vez mais envolvido e mais arrebatado por ela. Mesmo depois de ter conseguido conhecer muitas coisas e de ter se tornado mais sábia do que qualquer mulher que vivera antes dela, Nynianne continuava a temer que Merlin a abandonasse; e, por mais que tentasse imaginar um meio de retê-lo, este nunca lhe parecia seguro o suficiente. De tanto pensar nessas coisas, ela acabou ficando muito triste; e quando Merlin lhe perguntou por que estava tão triste, ela disse: "Oh, meu doce amado, falta-me ainda conhecer uma coisa, que eu gostaria muito de aprender. Ouça meu pedido e me ensine o que desejo saber." — "E que saber é esse?", perguntou Merlin, que já sabia no que ela estava pensando. "Ensina-me a aprisionar um homem, sem correntes, nem torre nem muro, apenas com a força da magia, de tal modo que ele jamais consiga escapar se eu não o permitir."

Ao ouvir isso, Merlin suspirou profundamente e baixou a cabeça. "Por que você está com medo, meu amigo?", perguntou Nynianne. "Sei que seu desejo é me aprisionar", respondeu Merlin; "não obstante, não consigo resistir a lhe ensinar o que você deseja, tão arrebatado estou pelo seu amor!" Nynianne atirou-se nos braços dele, beijou-o ternamente e começou a murmurar-lhe palavras de amor: "E por acaso você não quer se entregar a mim tão totalmente como eu me entreguei a você? Por amor a você, abandonei meu pai e minha mãe e não encontro paz quando não estou em sua companhia. Vivo para você, e meus pensamentos, meus desejos, minha alma inteira só têm vida em você. Não me resta sobre a terra nenhuma outra alegria, bem ou esperança, senão você. Você é tudo para mim! E, como meu amor por você é tão grande como o seu por mim, não é justo que você me satisfaça esse desejo, do mesmo modo como vivo apenas para satisfazer os seus?" — "Sim, minha doce amada", respondeu Merlin, "farei por você tudo o que você desejar. Diga-me... o que você deseja?" — "Quero que juntos criemos um lugar encantado, que jamais possa ser destruído, e onde nós dois, e mais ninguém, possamos viver juntos, afastados das perturbações do mundo, apenas desfrutando de nossa felicidade", respondeu ela.

"Assim será", disse Merlin. "Não, meu amado", replicou Nynianne. "Não é você quem vai construir esse lugar. Ensine-me a construí-lo, para que eu possa ter total controle sobre ele." — "Que seu desejo se cumpra", disse Merlin, e começou a ensinar-lhe, sem reservas, tudo o que era necessário fazer para essa mágica. Depois de ela ter entendido e de ter anotado tudo — pois ela conhecia a arte da escrita, sabia ler muito bem e conhecia as sete grandes ciências —, depois, portanto, de ter aprendido tudo, foi tomada de tamanha alegria e arrebatamento e deu a Merlin tantas provas de amor, que ele não conheceu prazer maior do que estar com ela.

Um dia estavam os dois passeando de mãos dadas pela floresta de Broceliande. Sentindo-se cansados, sentaram-se sob um grande roseiral de flores brancas, que exalavam um doce perfume, e ali, sentados na relva fresca, trocaram gracejos e se divertiram com doces palavras

e gestos de amor. Merlin recostou a cabeça no colo de
sua amada, e ela começou a acariciar seu rosto e a brincar
com suas mechas de cabelo, até que ele adormeceu. Ao
ver que ele dormia, Nynianne levantou-se sem fazer barulho, pegou seu longo véu, envolveu com ele o roseiral
sob o qual Merlin dormia, e completou a magia exatamente como ele lhe ensinara. Deu nove voltas ao redor
do círculo fechado e repetiu nove vezes as palavras mági-

cas, até que o círculo não pudesse mais ser desfeito.
Depois entrou novamente no interior do círculo, sentou-se sem fazer barulho no mesmo lugar em que se encontrava antes, e colocou a cabeça de Merlin novamente em seu colo.

Quando acordou e olhou em volta, Merlin teve a sensação de estar aprisionado dentro de uma torre muito bem fortificada, e de estar deitado numa suntuosa cama. Disse ele então: "Oh, minha amada, a senhora me enganou! Se a senhora me deixar, não permanecendo sempre a meu lado, ninguém além da senhora poderá me tirar desta torre." — "Meu doce amado", disse Nynianne, "acalme-se! Eu estarei sempre em seus braços!" E ela manteve essa promessa fielmente, pois foram poucas as noites e os dias em que ela não esteve junto dele. Nunca mais Merlin pôde sair do lugar em que fora encantado por Nynianne. Ela, porém, podia entrar ou sair à vontade. Tempos depois, ela quis devolver-lhe a liberdade, pois sofria por vê-lo assim aprisionado. Mas o encanto era forte demais e não estava mais em seu poder desfazê-lo. E a tristeza tomou conta dela.

XXXV

Como Gawin tem dois encontros muito estranhos enquanto procurava Merlin, ouve suas últimas palavras e volta são e salvo

O rei Artur ficara mudo de susto e desespero quando Merlin lhe dissera que ele nunca mais o veria. Ele não conseguira dizer palavra alguma, e deixara que Merlin partisse sem lhe dizer adeus. O medo e a tristeza impediram-no por muito tempo de pensar em outra coisa. Durante oito semanas, o rei alimentou esperanças de ainda ouvir notícias de Merlin e de que ele pudesse retornar. Como, porém, nada ouviu sobre ele, abandonou-se por completo ao desespero. Às vezes pensava que fizera alguma coisa que tivesse desagradado Merlin, e que por essa razão Merlin não queria mais vê-lo. Não conseguia encontrar um motivo mais plausível, e esse em que pensava parecia-lhe o pior de todos. Assim, o rei foi ficando cada vez mais abatido e derrotado.

Finalmente, seu sobrinho Gawin reuniu coragem e perguntou-lhe a causa de sua tristeza. O rei Artur contou-lhe como Merlin se afastara dele e que palavras lhe havia dito ao despedir-se. "Há oito semanas", prosseguiu, "espero em vão por alguma notícia, pois ele nunca permaneceu tanto tempo longe de mim. É claro que eu não deveria esperar por ele, pois ele disse que eu jamais o veria de novo, e Merlin nunca falta com a verdade. Mas não consigo me conformar com a idéia. Juro por Deus que teria preferido perder a cidade de Londres a perdê-lo. Peço-lhe, meu sobrinho, pelo amor que você tem a mim, que você parta, percorra todos os lugares em busca de notícias dele, e as traga para mim, pois não poderei mais viver se não souber alguma coisa dele."

— "Meu rei", respondeu o cavaleiro Gawin, "estou pronto a obedecer sua ordem. Prometo-lhe, pelo juramento que lhe fiz quando o senhor me armou cavaleiro, que não descansarei enquanto não puder trazer-lhe alguma notícia dele, e garanto estar de volta a sua presença dentro de um ano, com a ajuda de Deus, e de trazer-lhe as notícias que eu até lá tiver conseguido sobre Merlin."

O mesmo prometeram os cavaleiros Iwain, Sagremors da Constantinopla e trinta outros cavaleiros, dentre eles os três irmãos do cavaleiro Gawin, Gaheriet, Agravin e Garejeiz; todos juraram sair durante um ano em busca de alguma informação sobre Merlin. Montados em seus cavalos, todos deixaram a cidade de Londres por uma mesma estrada; mas já na floresta, ao chegarem a uma encruzilhada em que a estrada se dividia em três caminhos, Sagremors, junto com dez cavaleiros, tomou um caminho, Iwain outro, com mais dez cavaleiros, e Gawin, também com dez cavaleiros, o terceiro.

Um ano depois, Sagremors e Iwain, acompanhados de seus cavaleiros, voltaram à corte do rei Artur e contaram-lhe as estranhas aventuras por que haviam passado em suas andanças, a que faremos menção em outra circunstância, pois o rei Artur mandou quatro sábios escritores, convocados especialmente para essa finalidade, anotarem cuidadosamente todas as aventuras vividas ou narradas por seus cavaleiros. Sobre Merlin, porém, eles nada souberam informar, pois nenhum deles ficara sabendo de coisa alguma sobre ele. Deixemo-los de lado e retornemos ao cavaleiro Gawin.

Este, mal havia saído da floresta, pediu a seus dez acompanhantes que tomassem um outro caminho e o deixassem sozinho; os dez, dentre os quais estavam seus três irmãos, deixaram-no a contragosto, pois queriam cavalgar em sua companhia. Não podiam, contudo, opor-se a uma ordem dele e tiveram que obedecê-lo. Sozinho, o cavaleiro Gawin começou percorrer todo o reino à procura de Merlin. Em vão. Certo dia, já bastante melancólico e pensativo, Gawin cavalgava por uma floresta quando encontrou uma jovem montando um belíssimo palafrém negro. A sela era feita de marfim, e os estribos, de ouro; a capa, vermelho-escarlate, ornamentada de franjas douradas, chegava quase a tocar a terra, e as rédeas e os arções eram feitos de fino ouro, maravilhosamente lavrado. A jovem vestia roupas de cetim branco e um cinto de seda ricamente bordado; tinha a cabeça envolta por denso véu, a fim de proteger-se contra os raios de sol.

O cavaleiro Gawin estava tão absorto em pensamentos que não percebeu a presença da jovem e não a cumprimentou quando passou por ela. Depois de cruzar com ele, a jovem parou, deu meia-volta e disse: "Gawin, Gawin, nem tudo o que dizem é verdade. Em todo o reino de Londres corre o boato de que você é o cavaleiro mais valente do mundo, o que de fato é verdade; dizem também que você é o cavaleiro mais bem-educado e mais cortês, e aí está o lado mentiroso do boato. Você é o cavaleiro mais descortês que eu já vi, desde que vivo por estas florestas, pois sua rudeza e falta de polidez o fizeram passar por mim sem me cumprimentar ou me dirigir alguma palavra de cordialidade. Saiba, porém, que você vai se dar mal; e em seu arrependimento, desejará dar a cidade de Londres, ou mesmo a metade do reino do rei Artur, para ter-se comportado melhor." — "Formosa senhora", gritou envergonhado e assustado Gawin, que parara seu cavalo Gringalet e dera meia-volta logo que ela se dirigira a ele, "Deus é testemunha de que realmente fui muito descortês ao passar pela senhora sem cumprimentá-la. Mas eu estava mergulhado em pensamentos e preocupado em encontrar aquilo que procuro. Por isso peço-lhe desculpas. Perdoe-me, bela senhora!" — "Por Deus! Você merece o castigo que irá receber e que terá que suportar, até que, de uma próxima vez, não se esqueça de cumprimentar as jovens que encontrar; de outra forma, você o carregará para sempre! Não é no reino de Londres que você vai descobrir o que procura. Só na Pequena-Bretanha é que obterá as notícias que deseja. Tome seu caminho e saiba que irá assumir a forma da primeira pessoa que avistar, até se encontrar novamente comigo." Tendo dito essas palavras, a dama saiu cavalgando, e o cavaleiro Gawin despediu-se dela com respeito e temor.

Não tinha cavalgado muito, quando encontrou um anão horrendo, montado num muar, que levava, na garupa, uma linda jovem. Ela era amante do anão, que outrora havia sido um belo cavaleiro. Quando ele completou treze anos, uma fada se apaixonou por ele e, não sendo seu amor correspondido, ela transformou o belo jovem num anão de aspecto horrível, que permaneceria assim encantado por nove anos. Durante todo esse tempo, a bela princesa, sua namorada, não o abandonou; e agora, junto com ele, também se dirigia à corte do rei Artur para ver seu companheiro ser armado cavaleiro pelo próprio rei Artur. Ela lhe permanecera fiel, embora fosse alvo do escárnio de todos por amar um anão. Ela sabia, porém, quem ele era, e conhecia sua bravura e nobre distinção, embora seu aspecto exterior fosse desprezível. Ela esperava pacientemente pelo fim daquele período de desonra. Como dissemos, foram esses dois que o cavaleiro Gawin encontrou. Tão logo os avistou, cumprimentou-os cordialmente, pensando nas palavras da jovem que encontrara. Os dois retribuíram respeitosamente o cumprimento. Pouco depois de o casal ter passado pelo cavaleiro, aconteceu que foi chegada a hora de quebrar-se o encanto que pesava sobre o anão; subitamente, ele voltou a assumir sua bela forma e tamanho; contava precisamente vinte e dois anos. Não conseguindo se conter, o jovem atirou no chão as armas que carregava, e que não se adaptavam mais a seu tamanho, e abraçou sua bela e fiel amada, que por pouco não morrera de alegria. Dando graças a Deus, os dois voltaram para sua pátria, acreditando ser essa felicidade obra do senhor Gawin, que os tinha cumprimentado com tanta cortesia e os havia recomendado a Deus.

O senhor Gawin, por sua vez, mal tendo passado por ambos, sentiu que suas vestes e sua armadura de repente se tornavam grandes demais para ele; as mangas encobriam em muito suas mãos e suas pernas também pareciam ter encolhido, pois ele viu seus sapatos de ferro presos ao estribo, embora suas pernas mal chegassem à altura da sela. O escudo ultrapassava a altura de sua cabeça em cerca de dois cúbitos, de sorte que ele não conseguia enxergar nada a sua frente. Até sua espada escorregou e caiu no chão, pois a bainha tornara-se comprida demais para ele. Ele logo percebeu que se transformara num anão, e concluiu que isso fora o que lhe desejara a dama que ele não havia cumprimentado. Gawin ficou fora de si de raiva e susto, e pouco faltou para que tirasse a própria vida.

Irado, cavalgou velozmente até a saída da floresta, onde encontrou uma encruzilhada sobre uma colina. Desmontou, encurtou os estribos, apertou o cinto em que trazia presas suas armas, e também a alça do escudo, e diminuiu as mangas da armadura na altura dos ombros. Ajeitou as coisas como pôde, tudo isso sem parar de praguejar e maldizer o que lhe tinha acontecido, pois naquele momento teria preferido estar morto a continuar vivendo. Depois montou novamente seu cavalo e, desolado, continuou sua cavalgada. Apesar do desgosto e da vergonha que sentia, não deixou de perguntar por Merlin em cada burgo, cidade, povoado, floresta e campo por onde passou, e também a cada pessoa que encontrou. Muitas das pessoas a quem dirigia a palavra consideravam-se superiores a ele, zombavam dele, mas acabavam por se dar mal. Pois, se suas dimensões físicas se haviam reduzido às de um anão, o mesmo não ocorrera com sua coragem e valentia. Como antes, ele continuava um homem intrépido e empreendedor que conseguiu vencer alguns cavaleiros mesmo sob a horrenda forma de um anão.

Depois de varrer em vão todo o reino de Londres, lembrou-se de que a jovem, a quem devia a horrível forma que apresentava agora, o aconselhara a dirigir-se à Pequena-Bretanha, pois lá teria notícias do que procurava. Cavalgou até o mar e foi transportado, através da Gália, para a Pequena-Bretanha, região que iria percorrer por longo tempo, antes de receber qualquer notícia.

Estando próximo o dia em que deveria voltar à corte do rei Artur, Gawin disse a si mesmo: "Ai de mim!... o que devo fazer? Está próximo o dia de retornar e jurei a meu tio estar de volta nesse dia. Tenho portanto que voltar, de outra forma eu seria perjuro e desleal. Se bem que eu não poderia ser considerado um perjuro, pois o juramento dizia: 'Se eu fosse eu mesmo.' Será que eu sou eu mesmo? Esse ser de aspecto desprezível sou eu mesmo? Por isso, não preciso honrar meu compromisso de aparecer na corte... Mas o que estou dizendo?

Besteiras!!! Pois se continuo a ter o poder de decidir sobre ir ou ficar, se não estou preso e posso ir para onde quiser, seria perjúrio, sim, não manter meu juramento. Se já perdi meu corpo, não vou querer perder minha alma. Peço a Deus que dela tenha piedade, pois meu corpo está vergonhosamente perdido."

Assim se lamentando, tomou um caminho que o conduziria de volta a Londres e que atravessava a floresta de Broceliande. Cavalgava tristonho, o olhar perdido, quando ouviu uma voz vinda da direita. Voltou-se para o lado, mas não viu senão uma névoa que se perdia no ar, através da qual, no entanto, ele não conseguia passar. E então ouviu novamente a voz, que dizia: "Gawin, Gawin, não se desespere, pois tudo acontece porque tem que acontecer." — "Quem está falando?", perguntou ele, "Quem me chama pelo nome?" — "Como? O senhor não me conhece mais, senhor Gawin? Outrora o senhor me conhecia muito bem. Então é certo o ditado que diz: Se você se afasta da corte, a corte se afasta de você. Quando eu servia ao rei Artur e freqüentava a corte e os barões, era conhecido e amado por todos. Agora, porém, ninguém mais me conhece, o que não aconteceria se houvesse lealdade e fé sobre a terra."

Nesse momento, Gawin reconheceu a voz de Merlin e gritou: "Oh, mestre Merlin, agora reconheço sua voz. Saia de onde está, por favor, para que eu possa vê-lo." — "Você nunca me verá", respondeu Merlin, "assim como, depois de você, jamais voltarei a falar com outro ser humano. Você será a última pessoa a ouvir minha voz. Também no futuro ninguém se aproximará daqui. Você mesmo jamais voltará. Nunca mais poderei sair daqui; por mais que isso me doa, terei que permanecer aqui para sempre. Só aquela que me mantém aprisionado é que tem poderes para entrar e sair quando bem quiser, e ela é a única que me vê e que pode conversar comigo." — "E como foi que isso aconteceu, meu caro amigo?", perguntou Gawin. "Como você se deixou aprisionar de forma a nunca mais poder sair? Como pôde isso acontecer a você, o mais sábio dos homens?" — "O mais sábio e o mais tolo", respondeu Merlin, "pois amo uma outra pessoa mais do que a mim próprio. Eu mesmo ensinei a minha amada como me aprisionar, e agora ninguém mais é capaz de me libertar." — "Isso me deixa muito triste, e na certa também deixará triste o rei Artur, que mandou que o procurassem em toda parte. É por isso que estou aqui." — "Ele terá que se conformar", disse Merlin, "pois nunca mais me verá, assim como também eu nunca mais o verei. Agora você deve retornar. Leve meus cumprimentos à rainha, ao rei, e a todos os príncipes e barões. Conte-lhes o que se passou comigo. Você encontrará a corte reunida em Kardueil. Não se aflija com o que lhe aconteceu. Você vai reencontrar a jovem e ela vai quebrar o encanto sob o qual você se encontra. Mas não se esqueça de cumprimentá-la!" — "Não me esquecerei, se Deus quiser", disse Gawin.

"Cuide-se", disse Merlin. "Que o Senhor vele e proteja o rei e seu reino, bem como todos os príncipes, e também você, Gawin. Vocês são as melhores pessoas que já viveram sobre a face da terra."

O cavaleiro Gawin prosseguiu viagem meio triste, meio alegre, pois embora tivesse gostado de ouvir que se livraria daquele encanto, desolava-o saber que Merlin estava irremediavelmente perdido. Atravessou novamente o mar, encontrou a jovem, cumprimentou-a em voz alta e saudou-a em nome de Deus e, no mesmo instante em que ela retribuiu seu cumprimento, sentiu que o encanto se quebrava. Depois, já bem mais sereno, prosseguiu viagem sob a bela forma que tinha antes até Kardueil, onde o rei Artur mantinha sua corte e reunira todos os senhores poderosos e os príncipes de seu reino. Grande foi a tristeza e o sofrimento quando o cavaleiro Gawin contou a todos que ninguém mais veria Merlin ou ouviria falar dele, e descreveu-lhes a prisão em que ele ficaria encerrado para todo o sempre. E todos choraram quando ficaram sabendo que ele enviara cumprimentos à rainha, ao rei e a todos os barões, e que abençoava a todos, bem como ao reino inteiro.

Posfácio

Sob o encanto de Merlin, ou o profeta e os românticos

Em julho de 1802, o professor particular então desempregado Friedrich Schlegel, que poucos anos antes despertara a indignação dos filisteus com a revista *Athenäum* (Ateneu), publicada em co-autoria com seu irmão, e com o romance *Lucinde*, que exaltava as alegrias da sensualidade, chegou a Paris acompanhado de sua companheira, Dorothea Veit, nove anos mais velha do que ele. Ela, filha do famoso filósofo berlinense Moses Mendelssohn, separara-se de seu primeiro marido, um banqueiro enfadonho que vivia exclusivamente para seu trabalho, para unir-se a Schlegel, em torno de quem se deflagrara um escândalo. Cada vez mais autoconsciente e preocupada em emancipar a mulher de sua milenar condição de inferioridade, Dorothea não se aferrava à ambição de ser escritora, embora tivesse acabado de publicar um romance intitulado *Florentin*. A despeito de toda a necessidade de libertar-se individual e socialmente, ela acabou por depender de seu tão mais jovem amante, sob cujo nome passa a publicar suas tentativas literárias. Ela, que "queria Schlegel como seu 'ganha-pão'", é, para citar Heine, uma daquelas "bacantes em espírito que, em estado sagrado de embriaguês, vão cambaleantes ao encontro de seu deus".

Pouco antes da chegada desse curioso casal à capital francesa, a antiga disputa entre a Inglaterra e a França é interrompida pela Tratado de Amiens, que duraria contudo pouco mais de um ano; logo em seguida Napoleão Bonaparte é aclamado "cônsul vitalício da República francesa". Mas enquanto essa judia quarentona, filha de um filósofo berlinense, mergulhada nos tesouros da Biblioteca Nacional de Paris, começa a recolher-se ao longínquo mundo do mago Merlin e da "poesia romântica da Idade Média", o futuro da Europa é mais incerto que nunca: em maio de 1803 reinicia-se a guerra entre a França e o inexpugnável reino insular britânico. Enquanto revelam-se a Dorothea Veit as fantasmagorias do velho vidente, Bonaparte planeja uma empreitada aventureira para subjugar o arquiinimigo inglês, que contudo não chega a ser concretizada, mas cujos preparativos espetaculares fizeram com que seus contemporâneos, como que enfeitiçados, não desviassem os olhos das costas do canal da Mancha. A perspectiva das semanas seguintes já se apresenta carregada de densas nuvens quando, diante daquela berlinense que estava fora de casa, surge a imagem do profeta capaz de enxergar o presente e o passado próximo ou remoto.

Enquanto a estrela do oficial corso se torna mais brilhante a cada mês, continuam frustradas as expectativas profissionais de Friedrich Schlegel na metrópole do império de Bonaparte. "É lastimável que aqui Friedrich não consiga estudar nem um ano inteiro sem ser perturbado ou impedido por alguma coisa", queixa-se Dorothea ao teólogo Schleiermacher, que mora na longínqua Stolpe prussiana. No domicílio fixado em novembro de 1802, na Rue de Clichy n° 19, casa do conhecido barão d'Holbach, os Schlegel levam uma vida de grandes dificuldades. Dorothea é obrigada a resignar-se à humilde condição de locadora de quartos, circunstância que só lhe é possível suportar na medida em que não tardam a aparecer entre os pensionistas alguns com os quais se identifica, dentre eles, Alexander Hamilton, que ensina sânscrito a Schlegel, e a bela Helmina von Hastfer, neta dos Karschin, que mantém estreitas relações com a elegante madame Récamier, esposa de um banqueiro. No outono de 1803 chegam os irmãos Sulpiz e Melchior Boisserée, dois abastados filhos de um comerciante de Colônia, para quem Schlegel organiza um curso particular de história da literatura, com conseqüências graves para a história da arte alemã. Contudo, embora os dois jovens de Colônia paguem essas aulas particulares a peso de ouro, as perspectivas para o futuro continuam desanimadoras. Por essa época, Dorothea desliga-se da comunidade judaica e adere ao protestantismo, a fim de abrir caminho para seu casamento com Schlegel. E enquanto estão ocupados com os preparativos do casamento, o Primeiro Cônsul vence as últimas resistências ao estabelecimento de seu pleno domínio: duas semanas e meia antes do casamento dos Schlegel, o duque von Enghien, membro da dinastia dos Bourbon, é executado nas trincheiras do castelo de Vincennes; doze dias depois de a união dos Schlegel ter sido abençoada por toda a vida, o senado decide conferir a Napoleão Bonaparte o título de imperador herdeiro dos franceses. A pomposa coroação do imperador tem lugar em dezembro, quando o casal, agora com sua união civilmente legitimada, fixa residência em Colônia, ainda trazendo nos sapatos a poeira da capital imperial francesa. A essa altura, o livro *Sammlung romantischer Dichtungen des Mittelalters* (Coletânea de poesias românticas da Idade Média) já havia sido publicado por Mahlmann, editor de Leipzig; o primeiro volume é a *Geschichte des Zauberers Merlin*. A obra é publicada como sendo de autoria de Friedrich Schlegel, embora quase toda ela resulte das aptidões literárias de sua esposa.

O trabalho realizado por Dorothea Schlegel com esse antigo material, recolhido já no século XII pelo cronista inglês Geoffrey of Monmouth, é, sob mais de um aspecto, o reflexo claro do conturbado período que a autora passou com seu companheiro em Paris. De fato, sua versão da curiosa história de Merlin tem por base o *Roman du Saint Graal*, de Robert de Boron, publicado em fins do século XII ou início do século XIII, bem como outras fontes não bem definidas. Seu trabalho, no entanto, de modo algum representa uma tradução filologicamente exata. Robert de Boron fora o responsável, cerca de meio milênio antes, pela associação da figura do mago e profeta Merlin, que segundo consta teria profetizado a vitória dos britânicos sobre os anglo-saxões, ao ciclo de lendas sobre o rei Artur. Para o romancista francês da Alta Idade Média, bem como para seu predecessor, Geoffrey of Monmouth, Merlin fora filho da união de uma devota virgem com o Demônio, para quem a criança um dia deveria recuperar o universo perdido e exterminar o mundo do filho de Deus, que estava sob a égide do sinal-da-cruz. Mas o início infernal, que se pode interpretar perfeitamente como um antiprojeto luciferiano em relação ao plano de redenção do Deus cristão, fracassa: Merlin acaba por fundar a Távola Redonda dos cavaleiros do rei Artur, torna-se o preceptor do bom rei Artur, e prepara o terreno para a salvação do Santo Graal, no qual outrora José de Arimatéia recolhera o sangue de Cristo sob a cruz.

A proximidade direta entre a certeza cristã na salvação e a perdição diabólica do mundo, entre a redenção e o pecado, sem dúvida se revelou à autora romântica como algo de exemplar modernidade. Ao enfatizar essa proximidade oculta, essa comutabilidade mesma entre devoção e objeção, céu e inferno, confiança em Deus e servidão ao diabo, Dorothea Schlegel coloca-se *pari passu* com o início de um século que viria a culminar nas atormentadas experiências de fé de Kierkegaard, nos santos pecadores de Dostoievski e em Kundry, a mensageira do Graal e a rosa do inferno, de Wagner. O fascínio desse antigo tema revela-se à "bacante do espírito" não na tradução precisa das fontes medievais, e sim numa recriação quase livre, que procura resgatar, por detrás do texto original, a modernidade do tema. Nesse sentido, também lhe é indiferente o pano de fundo político do antigo romance de Merlin, isto é, a luta entre germanos e celtas: ao traduzir sistematicamente *Saisnes* (saxões) por "rebeldes" ou "inimigos", a autora visa como que intensificar de forma ostensiva o conflito mítico básico, e torná-lo talvez passível de novas interpretações.

Essa perspectiva, cujo objetivo é a renovação do mito a partir do espírito de sua flagrante modernidade, é a força motriz do trabalho da autora, do mesmo modo como também o é o entusiasmo dos românticos pelo resgate de um antigo bem literário esquecido, tal como um ano antes de *Merlin* tal entusiasmo fora despertado por Ludwig Tieck em *Minnelieder aus dem schwäbischen Zeitalter* (Cantigas de amor do período suábio). Mas conforme já confessara numa carta a August Wilhelm Schlegel, Tieck não está preocupado com a exploração filológica de antigos valores, e sim com o efeito vivo e direto sobre seus contemporâneos: "O todo foi concebido não para estudiosos, mas para amantes verdadeiros." O mesmo se poderia dizer do *Merlin* de Dorothea Schlegel, pois a renúncia a um tratamento filológico do texto combina-se com uma versão muito livre do ponto de vista lingüístico e da teoria da literatura, com freqüência chegando mesmo a ser altamente censurável, embora poética em mesma medida e de belos efeitos plásticos, uma versão que, pelo menos indiretamente, revela tanto a visão de mundo e de si própria da primeira geração de românticos, quanto fala da época de Robert de Boron.

Os jovens intelectuais alemães, que alguns anos antes, em Jena, haviam se constituído como "radicais" literários que queriam submeter a sua "guilhotina crítica" não apenas a poesia de seus conterrâneos, nesse meio tempo já haviam ultrapassado aquela primeira fase vanguardista e mergulhado em profunda crise, sobretudo graças à vivência da rápida ascensão de Napoleão e ao arrefecimento dos ideais de 1789. A consciência dessa situação de crise encontra uma eloqüente expressão na descoberta de Merlin, o repressor dos agressores, que fora gerado por uma virgem pura e pelo Demônio. Para Goethe, que naqueles anos gostava de se comparar ao "velho Merlin", o mago celta, como sábio e imponente senhor dos elementos, constitui uma figura literária na qual o poeta do *Fausto* vê espelhados de forma muito significativa seus postulados de um "Alfabeto do espírito mundano". Os românticos, em contrapartida, identificam-se com a figura de Merlin pela obscuridade de sua origem e pelo papel de Jano que ele representa nos planos de salvação de Deus e de destruição do Demônio. O fato de o profeta, apesar de sua origem antagônica, servir exclusivamente aos anseios divinos, preparar o reinado do Graal de Artur, e evoluir por si só de menino prodígio ao sábio que ajuda a concretizar um pouco mais os planos de Deus, eleva ainda mais a dignidade exemplar, que para Dorothea Schlegel é inerente ao antigo tema. Pois até mesmo nas passagens em que Merlin parece atuar à primeira vista como instrumento de seu pai luciferiano, como por exemplo na encenação da lenda de Anfitrião, através do que o rei Uterpendragon pôde ter seu primeiro encontro pré-conjugal com Yguerne, ainda casada com outro, ainda assim o resultado de um tal ato o justifica como aquele que traz consigo a salvação em Cristo: o menino gerado naquela noite é Artur, que um dia será rei dos cavaleiros guardiões do Santo Graal, que contém o sangue do Redentor!

Assim, o mago onisciente caminha livre e desimpedidamente por entre o contínuo tumulto e alarido de equipamentos bélicos, algo que na obra de Dorothea Schlegel por vezes se apresenta de forma excessivamente irônica, e em tais momentos chega mesmo a evocar uma "comédia de heróis", como a *Geschichte von den vier Heymons Kindern* (História dos quatro filhos de Heymon), de Ludwig Tieck, que August Wilhelm Schlegel apostrofara alguns anos antes. Nas lutas dos cavaleiros, nos assassinatos de reis e nas disputas pelo trono, Merlin sempre intervém como o profeta que a tudo vê, e algumas vezes até como um *deus ex machina*, que aliás conhece o desfecho da história. Quase no sentido da "nova mitologia" postulada por Friedrich Schlegel, Merlin é a encarnação da eterna luta do homem contra o mal; é a recusa ao abuso de poder, que uma vez mais se tornou aguda durante os anos da inescrupulosa soberania napoleônica. As rápidas trocas de reis, as sucessivas fundações e dissoluções de reinados, na certa evocaram à narradora romântica as rápidas metamorfoses a que teve de se submeter o mapa da Europa, graças à intervenção de um homem que, enquanto o livro era impresso, foi aclamado imperador dos franceses. Assim como se podem pressentir, por detrás do pitoresco cenário medieval, os acontecimentos posteriores a 1800, um outro feito de Merlin introduz uma outra esfera, que ao mesmo tempo irrita e fascina a geração dos românticos: o mundo da tecnologia. Como o legendário construtor de Stonehenge, um dos monumentos de culto mais imponentes da história remota da humanidade, Merlin parece integrar-se à "nova mitologia" de Friedrich Schlegel como o antigo senhor da técnica! Ele é sempre o soberano e o conhecedor do fogo, que por assim dizer se desenrola num plano bem mais profundo, e cujos mecanismos mais secretos ele é capaz de prever. Só ocasionalmente é que se problematiza sua autoconsciência; por exemplo, quando ele sofre ao ver que os homens não são capazes de entender senão "minha aparência exterior, pois minha essência interior jamais conhecerão". Contudo, precisamente sua "essência interior" permanece à margem da narração poética, que nesse particular em pouco difere da de Robert de Boron.

Somente no capítulo trinta e três é que se pode ter uma idéia da profundidade psicológica que a autora romântica procura resgatar da antiga lenda: Merlin, em cuja vida os prazeres sensuais não tinham tido até então qualquer importância, encontra na floresta a bela Nynianne, que pela primeira vez consegue "tocá-lo", a ele, o profeta experiente e onisciente. Até aquele momento, a floresta fora a região situada além da cultura do homem, à qual Merlin se recolhe depois de sua entrada em cena no mundo dos homens, e na qual ele pode renovar sua consciência. Nesse capítulo, na imagem do bosque de Broceliande, a floresta transforma-se num topo mágico, local por excelência das poderosas forças de criação e de destruição da natureza, que se afinal não pode destruir, pelo menos pode suplantar, aprisionar e prejudicar a irradiação da consciência soberana do profeta. Se para Merlin a natureza é, num primeiro momento, local da regeneração espiritual, agora ela surge como selva, contra a qual seu espírito nada pode.

Nesse ponto, ele é chamado de "tolo"; aqui ele deixa escapar, entre os abraços de Nynianne, os segredos de sua arte. Ele sabe que daquele momento em diante nunca mais verá o bom rei Artur, nem o fervoroso e crente mestre Blasius, a quem narrou a singular história de sua vida para proveito e deleite da posteridade. E ele sabe também que aquela ondina que ele ama usa de astúcia para conhecer seus poderes miraculosos e depois utilizá-los contra ele próprio, para sua ruína. Mas a força de Eros é maior do que toda a sua sabedoria, serenidade e clarividência: e ele ainda é clarividente o suficiente para enxergar isso! O roseiral branco na floresta de Broceliande, sob o qual Merlin é enfeitiçado por Nynianne e do qual ele não consegue se libertar, é a metáfora poética do irrevogável embaraço de Merlin no mundo do erotismo, em que ele, o sábio, fica aprisionado para sempre. Sua cabeça adormecida no colo da sedutora companheira é a imagem eloquente da renúncia à razão, até então autônoma, em favor do despertar do sexo, em razão do que ele, o mensageiro de Cristo e filho do Demônio, sucumbirá, e do qual nenhum dos brilhantes cavaleiros do rei Artur poderá salvá-lo. Tratar-se-ia, então, da vingança tardia do Demônio contra seu filho infiel, que transgrediu os planos originais de seu pai e se tornou o arauto de seu antípoda celestial? O encantador refinamento poético que os Schlegel dispensam às últimas páginas de sua fantasmagoria sobre Merlin aproximam o desfecho do triunfo da força dos sentidos, do elemento eternamente humano, sobre qualquer conhecimento reflexivo sobre o passado e o futuro. Para além do fracasso do salvador Merlin, que sucumbe à alegria dos desejos e ao prazer carnal, não se encontra o sombrio esoterismo do misticismo posterior de Friedrich Schlegel, e sim um último lampejo da libertação voluptuosa de Eros, que o compaheiro de Dorothea Schlegel enaltecera cinco anos antes, em *Lucinde*. É bem possível que a autora tenha se lembrado desse romance ao escrever o final do antigo poema. Pois assim como no célebre episódio, já quase famigerado, dessa obra confessional, Julius e Lucinde como que trocam de papéis, e o homem passivo entrega-se à "força arrebatadora" da mulher que lhe rouba o poder, também Merlin deixa-se levar por caminhos embriagantes pela sensualidade da jovem sílfide!

Tão ramificado e estratificado quanto sua concepção poética é o efeito desse livro sobre os contemporâneos da autora. O próprio Ludwig Tieck, o "rei do romantismo", que imediatamente acolhe esses estímulos e começa a trabalhá-lhos em seu conto dramatizado e nada trágico *Leben und Thaten des kleinen Thomas, genannt Däumchen* (A vida e os feitos do pequeno Thomas, chamado O Pequeno Polegar), associa as reminiscências do profeta Merlin, que aí revive como o inventor da bota de sete léguas, a um mundo arturiano há muito não mais intacto, que só pode ser salvo pelo filho de um jornaleiro. Por detrás da *Päpstin Johanna* (Papisa Joana), de Arnim, está o fantasma do destino de Merlin, pois também a jovem gerada pelo Demônio vence o mundo de seu pai, o que é expresso de forma particularmente dramática na ascensão ao trono sagrado da filha de Satã. Por outro lado, em sua balada *Merlin der Wilde,* (Merlin, o selvagem) Ludwig Uhland mescla as evocações da fonte nórdica de Mimis com o mago celta, que no "escuro reflexo" de um lago solitário na floresta vê sua imagem envelhecida na "confusa turba do mundo". A mesma figura aparece também na obra e na visão de mundo de Heinrich Heine: se já sua famosa definição do historiador como um "profeta que olha para trás" é exemplificada por Merlin, a quem o poeta atribui a "voz de um tempo enterrado", o cantos das *Katharinengedichte* (Poesias de Catarina) à semelhança de Merlin, o "sábio vaidoso" vê-se encantado pela amada "no círculo de sua própria magia".

Até mesmo o período de terrível sofrimento em Paris faz com que o poeta já mortalmente enfermo do *Romanzero* se recorde do "colega Merlinus", a quem ele inveja o sepulcro de chamas contra o céu verde, "pois nenhuma folha verde penetra em meu sepulcro acolchoado em Paris, onde só ouço, seja cedo ou tarde, barulho de carros, marteladas, berros e um piano mal tocado..."

A harmonia de Merlin com a criação é a que busca alcançar Nikolaus Lenaus, em suas *Waldliedern* (Canções da floresta), nas quais ele, um melancólico ameaçado pelo isolamento e pela depressão, erige um comovente monumento a sua compreensão panteísta das leis das eternas transformações do mundo, da natureza e do homem. Como protótipo do "homem dilacerado", do homem contemporâneo em constante luta com as quase imperceptíveis evoluções do período anterior à revolução de março de 1848, Merlin aparece no poema homônimo de Karl Leberecht Immermann. Seu desejo de ser o sagrado espírito da luz, prometido pelo Evangelho de São João, esse dilacerado descendente de Prometeu não o realiza: como um falso Messias, ele sucumbe na loucura. Para Immermann, o novo homem não deve ser concebido como a imagem de um profeta mítico, conforme declara expressamente o poeta, que está no limiar entre a restauração e a revolução em seus assim chamados "Chiliastichen Sonetten (Sonetos milenaristas): "Er wird auch nicht erscheinen als Prophet. / Er macht sie nicht zu seines Wortes Sklaven. / ... Er predigt nicht, er lehrt sie kein Gebet."*

Quando Immermann termina sua "tragédia de contradições, Friedrich Schlegel já está enterrado há exatamente três anos no cemitério católico de Dresden. Sua viúva, Dorothea, passa os últimos anos de sua vida em Frankfurt, am Main, onde seu filho, o pintor Philipp Veit, está à frente do recém-fundado "Städelschen Kunstuistitut".

---

* "Ele também não aparecerá como profeta. / Não os faz escravos de suas palavras/... Não prega, nem lhes ensina qualquer oração."

A velhice desta mulher, a filha de Moses Mendelssohn, que depois se evadira para o longínquo mundo romântico, resume-se à compilação do legado de seu marido, um legado cujas transformações ela acompanhou fielmente até a obscuridade de uma existência isolada, de qualquer modo com mais dedicação do que conviria a uma mulher que um dia trabalhara obstinadamente pela emancipação de todas as mulheres. Ela ainda vive um ano depois do repentino desaparecimento de Friedrich, saudando cada vez mais raramente as longínquas sombras dos primeiros anos do romantismo, sob as quais Merlin já se encontrava há muito tempo. "Tudo aquilo que nós, mundanos, um dia chamamos de poesia da vida está longe, muito longe!", escreve essa mulher idosa, dois meses antes de morrer a sua velha amiga de juventude, Henriette Herz. Quando ela morre, a 3 de agosto de 1839, há muito já estava ultrapassada, pois uma outra geração tem diante de si novas tarefas: no mesmo ano, os publicitários Arnold Ruge e Theodor Echtermeyer publicam seu manifesto, "O protestantismo e o romantismo", contra a falta de espiritualidade da restauração, e, na Prússia, um primeiro dispositivo legal tenta restringir o trabalho de crianças. Também Merlin há muito está a caminho de um nova era, para tocar com sua varinha mágica os poetas vindouros e, para além do período artístico e do romantismo, comprometer-se com o futuro!

Klaus Günzel

Sobre as ilustrações

O *frontispício* traz uma miniatura francesa do ano de 1286: "Merlin dá um conselho ao rei Artur." A fonte de que se extraiu a ilustração é o manuscrito "Plusieurs romans de la Table Ronde", de Arnulfus de Kayo (Amiens).

Do círculo do romantismo alemão provém o "Homúnculo de areia", que se parece com Merlin (1838), de Ludwig Emil Grimm: um espírito da natureza, com capuz pontiagudo, barba comprida e uma corujinha sobre os ombros (*página* IX).

As demais ilustrações são do período vitoriano, mais precisamente da irmandade dos pré-rafaelistas. Sem exceção, todas têm por base a "Morte Darthur" de sir Thomas Malory, que associa a história dos cavaleiros da Távola Redonda à busca do Santo Graal, e cujos primeiros quatro livros (de um total de 21) apóiam-se na obra de Robert de Boron: um precioso incunábulo, impresso em 1485 por William Caxton, que em 1855 caiu em poder dos artistas Edward Burne-Jones, William Morris e Dante Gabriel Rossetti. Esse livro, esse material lendário, inspirou-lhes as mais diversas representações: 1857 — Os afrescos de Rossetti sobre o tema de Artur (um projeto para a "Conquista do Santo Graal" está reproduzido à *página* 46); 1862 — vitral "Artur e Lancelote", trabalho conjunto de Morris e F.M. Brown (projeto à *página* 178); 1874 — pintura a óleo "O Merlin encantado", de Burne-Jones; 1891/92 — tapeçaria "A convocação dos cavaleiros", projeto de Burne-Jones, realizado por Morris (*página* 95).

Da famosa seqüência de ilustrações da obra de Aubrey Beardsley, "Le Morte d'Arthur" (1893/94), foram escolhidos quatro motivos, que podem ser associados a quatro passagens do Romance de Merlin: o mago meditando, sentado sobre a relva (*página* 51); Merlin, que toma sob sua proteção o menino Artur (*página* 132); com a ajuda de Merlin, Artur obtém da dama do lago sua espada Excalibur (*página* 143); Merlin é enfeitiçado por Nimue sob um rochedo (*página* 171).

Sobre a iconografia de Merlin só é possível, portanto, fazer algumas referências.

IMPRESSÃO E ACABAMENTO:
YANGRAF Fone/Fax: 6195.77.22
e-mail:yangraf.comercial@terra.com.br